2020·北岳·中国文学年选

(丛书主编：王朝军)

《名作欣赏》杂志鼎力推荐　权威遴选　深度点评
中国最好年选

2020年

诗歌选粹

邰筐 ◎ 主编

Selected Poems
in 2020

山西出版传媒集团　北岳文艺出版社

·太原·

图书在版编目（CIP）数据

2020年诗歌选粹/邰筐主编.—太原：北岳文艺出版社，2021.3
（2020·北岳·中国文学年选/王朝军主编）
ISBN 978-7-5378-6392-6

Ⅰ.①2… Ⅱ.①邰… Ⅲ.①诗集–中国–当代 Ⅳ.①I227

中国版本图书馆CIP数据核字（2021）第069830号

书名：2020年诗歌选粹	策　　划：王朝军	责任编辑：王朝军
主编：邰筐	项目统筹：赵　婷	书籍设计：张永文
	高海霞	印装监制：郭　勇

出版发行　山西出版传媒集团·北岳文艺出版社
地　　址　山西省太原市并州南路57号
邮　　编　030012
电　　话　0351-5628696（发行部）
　　　　　0351-5628688（总编室）
传　　真　0351-5628680
经 销 商　新华书店
印刷装订　山西人民印刷有限责任公司

开　　本　787mm×1092mm　1/16
字　　数　405千字
印　　张　25.5
版　　次　2021年3月第1版
印　　次　2021年3月山西第1次印刷
书　　号　ISBN 978-7-5378-6392-6
定　　价　59.00元

本书版权为本社独家所有，未经本社同意不得转载、摘编或复制

序

/邰筐

  写诗好比说话，里面一定藏着某种特定的腔调。

  深夜，当你静静读一首诗的时候，这种腔调就会从纸页间飘出。有人嗓子尖，操着吴侬软语；有人中气足，带着浓重的山陕方言；有人插科打诨，用抖机灵的方式宣泄着诗歌的脱口秀；有人有板有眼，用近乎迂腐的执拗追求着精神的向度……我一直坚信，一首诗本身就是有生命的。我常常有这样一种感觉，在静静的深夜里读到某首诗的时候，突然就听到某个人的心跳和喘息声隐隐从纸页间传来。

  好诗究竟是什么样子的？或许每个读者心里都藏着自己的一套标准，不好归纳。但它似乎又有一些共性的东西，比如必须从心灵的本原出发，必须经过情感的沉淀和过滤。它或许藏在泪水的后头，在生活的背面，是最后留下的那一部分。

  当时代整体境遇和每个人的生活都发生了翻天覆地的变化之后，我们每个人每天都在经受着人性的考验，都在加深对生命、疾病以及全球境遇、人类未来等宏大命题的思考和认识。

  我们该如何处理这些前所未有的崭新经验？我们如何才能做到在纷繁复杂

的现实世界里心灵不被磨损，始终保持诗人内心的那份直觉？

作为一本普通的诗歌年选，可能解答不了更多的问题，但它至少为我们提供了理解和解读一首诗的切口。还有，与往年不同的是，今年这个选本在评点佳作的基础上增加了个人文本细读和年度长诗两部分。但愿这种努力，会多留一个通往心灵的切口。

最后，要特别感谢评论家霍俊明、柏相，诗人哨兵、李木马、徐俊国、赵亚东等人为本书的编辑和作品的解读做出的努力。

2020 岁末于北京启迪香山

目 录

第一辑　年度读诗
一头眼泪般的牛拴在石头上

3　给小杏的诗　　　/于坚

5　疼痛　　/林莽

7　倒霉鬼　　　/尚仲敏

9　张女士　　　/李琦

11　脆响录(节选)　　　/商震

14　好人张成明　　　/梁平

17　父亲的身影未出现　　　/李少君

19　把一株青菜种到星辰中间　　　/沈苇

21　祖国　　/杨键

23　报恩寺那口古钟　　　/汤养宗

25 深情可以续命　　　　/潘洗尘

27 雅歌　　　　/树才

29 陌生人却携带着熟悉的声音　　　　/霍俊明

31 一枝黄花　　　　/陈先发

33 西双版纳寻野象不遇　　　　/龚学敏

35 雪　　　　/阿信

37 一九八三年的祖母遗言　　　　/东方涂钦

40 确认　　　　/叶舟

42 绳结　　　　/胡弦

44 夜路　　　　/江非

46 送一送日落：致新年　　　　/徐俊国

48 理发　　　　/卞云飞

49 金句的力量　　　　/轩辕轼轲

51 穿过马路之前　　　　/符力

53 雪落民间　　　　/晓弦

55 钟声　　　　/墨痕

57 织锦　　　　/郭建强

59 桉树　　　　/王单单

61 生活练习册　　　　/王原君

63 行走　　　　/熊芳

65 微笑　　　　/喻言

67 绽放　　　　/代薇

69 戒指　　　　/流泉

71 奔跑　　　　/佘正斌

73 我们的羊　　　　/苗同利

75	他有最孤独的明亮	/小葱
76	给莫妮卡：卖花的女人	/林珊
78	向莲花及斑嘴鸭和护鸟人借宿	/哨兵
81	睢县姑娘	/郑小琼
83	暖冬	/桑子
85	纸上相逢	/段若兮
87	想象的一天	/杨庆祥
89	从大海中搬动	/叶玉琳
92	重复	/戴潍娜
95	愈寂静愈蔚蓝	/恩克哈达(蒙古族)作 查刻奇(蒙古族)译
99	阳台上的空花盆	/吴少东
101	雨未停歇	/王宝卿
103	花期	/吴小虫
105	新年问候	/施施然
108	往事	/刘伟雄
110	早安	/刘汀
112	她不在	/潘利文
114	果实就是果实	/海湄
116	蚂蚁梦	/余修霞
118	轨迹	/熊焱
120	佛前灯	/谢宜兴
122	大雪	/清明
124	明月高悬	/徐晓
126	我的命运像一块砖头	/孙方杰
128	窗外	/徐南鹏

130　堆雪人　　　　／陈小虾

132　不一样了　　　／黄小培

134　多梦的夜晚　　／胡平

136　过塔　　　／刘川

138　点灯　　　／陈克锋

140　散步　　　／冯晏

142　四野黄昏　　　／安海茵

144　灯楼角　　　／陈波来

146　父亲的冬天　　／马雅敦

148　在别院　　　／涂拥

150　崇武听海　　　／浪行天下

152　我们降临并用身体活了下来　　／谢虹

154　对峙　　　／刘笑伟

156　向海　　　／秀枝

158　月光　　　／鲍伟亮

160　家乡的水已经流走　　／徐海龙

162　用光的声音歌唱大海　　／邵悦

164　枝上雪　　　／燕南飞

166　跪拜　　　／冬箫

167　村庄　　　／一度

168　泪　　　／林澜

170　古街声落　　　／耳口

172　黄叶子　　　／田人

174　母亲　　　／赵雪松

176　烟酒嗓　　　／白象小鱼

177	小欢喜	/徐玉娟
179	老木匠	/安乔子
181	重阳记	/西雅
183	我在这个熟悉的城市里迷失了自己	/黎阳
185	银石滩	/宁明
187	这个冬天我再次搬出租来的家	/郭富山
189	我羞于称自己为诗人	/慕白
191	意象	/王长军
193	梯子	/陈亮
195	大寒游广仁寺	/张静
197	落叶飞鸟	/刘向东
199	虚构	/水子
201	去渤海的路上	/陆辉艳
202	皇城草原	/武强华
204	在黎侯古城，听上党落子	/雷霆
206	梦见	/叶梓
208	断桥	/黄成松
209	夜宿华藏寺	/梁积林
211	鸾鸟城遗址	/苏黎
213	疯女人	/梁久明
215	这个世界充满光	/宋心海
216	流水之思	/赵亚东
218	蝴蝶	/吉祥女巫
220	柯鲁柯之秋	/李木马
222	一辆老吉普车的死亡方式	/彭鸣

224	夜火车	/子敬
226	方言	/林典铇
228	清明	/朵而
230	克孜尔	/吉尔
232	平安夜	/也果
233	雾中的洞头	/林新荣
235	恐惧	/孙自立
237	古老的祈愿	/徐晓阳
239	风穴寺	/安辉
241	福建	/安琪
243	对毕达哥拉斯的献辞	/江离
245	篝火	/田暖
247	黑羊羔	/扎西才让
249	夜宴档案	/芦苇岸
251	野鹅	
	——致玛丽·奥利弗	/张静雯
253	星光使者在列车上值夜班	/艾诺依
255	夜宿草原	/赵晓梦
257	严冬,车窗外	/宋晓杰
259	结绳纪事	/郭紫莹
261	女理发师	/杜立明
263	红高粱	/见君
265	中年	/刘红立
267	北园路是一条宽阔的大马路	/李洪光
268	秋隐	/苏小青

270	听力	/漫尘
272	从惊蛰开始	/亚楠
274	云水间	/刘大伟
276	夜	/龙少
278	米堆冰川	/陈人杰
280	光明的事物	/邰筐
282	也许	/巴图苏和
284	最后的山庄	/崔友
286	我就在你的眼前摇摆	/雨倾城
288	我们的清晨	/海饼干
290	雨天在放过去的一部电视剧	/黄浩
292	旧相片	/邵纯生
294	苍茫	/风言
297	暮晚	/马累
300	我们要热爱雨水	/小西
302	讨伐	/芒原
304	诗歌	/周簌
306	绿雪芽记	/叶瑞红
308	当我注视一只奔跑的蚂蚁时	/高凯
310	献词	/安然
312	寂静	/蓝野
314	蓝花楹	/碧碧
316	青海的秋天	/周占林
318	早春某日独坐	/芷妍

第二辑　文本细读
巨石从世界的高处滚落下来

313　巨石从世界的高处滚落下来
　　——阎安诗歌文本细读的批评实践
　　　　　　/诗作者:阎安　诗鉴赏:柏相

323　1.安顿
326　2.追赶巨石的人
327　3.与黑神祇和解
329　4.孔子一定见过大海
332　5.生活在祖国远方的石头
335　6.徒手博取闪电的人
339　7.我的儿子在星光下奔走
342　8.对峙之美
345　9.玩具城
349　10.玛丽活在世上
351　11.天空色的围裙蓝
353　12.地道战
356　13.无名氏授权书
357　14.珍珠劫
360　15.整理石头
363　16.北方那些蓝色的湖泊
366　17.中年自画像
369　18.全世界的鸟都飞向黄昏

第三辑 一首长诗
裂开的星球——献给全人类和所有的生命

375 裂开的星球
　　——献给全人类和所有的生命　　/吉狄马加

第一辑　年度读诗

一头眼泪般的牛拴在石头上

给小杏的诗

/于坚

小杏　在人群中
我找了你好多年
那是多么孤独的日子
我像人们赞赏的那样生活
作为一个男子汉
昂首挺胸　对一切满不在乎
只有夜深人静的时候
我才能拉开窗帘
对着寒冷的星星
显示我心灵最温柔的部分
有时候　我真想惨叫
我喜欢秋天　喜欢黄昏时分的树林
我喜欢在下雪的晚上　拥着小火炉
读阿赫玛托娃的诗篇
我想对心爱的女人　流一会儿眼泪
这是我心灵的隐私
没有人知道　没有人理解

人们望着我宽宽的肩膀
又钦佩　又嫉妒
他们不知道
我是多么累　多么累

小杏　当那一天
你轻轻对我说
休息一下　休息一下
我唱支歌给你听听
我忽然低下头去
许多年过去了
你看　我的眼眶里充满了泪水

原载微信公众号"浪淘沙诗赛"2020年12月27日

评鉴与感悟

于坚是继北岛之后现代汉语最重要和卓越的诗人。北岛是先行者，于坚是集大成。早年，于坚以先锋姿态示人，其写作实践影响了一代人或几代人。近年来于坚写作的体量日趋庞大，内容丰富庞杂，可谓气象万千。于坚是中国当代诗歌写作的一个宇宙系统，经典性在他是题中应有之意。在书写个人经典的同时，于坚顺理成章地创造了文学史的经典。……于坚敢于自我否定和自始至终的探索精神对后来者而言是一个激励，也是一份礼物。（韩东）

疼 痛

/ 林莽

因为手指关节的痛
我时时想起年迈时的母亲
是遗传的力量
它将母亲的疼痛传递给了我
让我想起晚年时她那些悄声细语的诉说

窗外　黄昏里的树
叶子正由苍绿转为金黄
许多故人都已不在人世
那条伴我少年时长大的老街
为了生计的人群　依然在匆匆而行

母亲说：
"睡醒了，每个关节都是酸痛的。"
我轻轻揉着母亲的手臂
她隐忍着　有时也会微微地
皱一下眉头

那些时日就那样慢慢地过去了
那时候我还不能如此深切地体会
母亲轻描淡写中的疼痛

哥哥打来电话
谈到春暖花开　谈到清明和家庭的聚会
我们也谈到那些慢慢肿胀的关节
母亲遗传的类风湿病

时光缓慢地流
这座古老的都城正如涟漪般扩散开去
把一个家族的亲人们也越荡越远

但有一种链接是无形的
那些永远不会消失的隐秘之痛
连接着我的每一位亲人

原载微信公众号"朗读的女人"2020年10月22日

评鉴与感悟

林莽先生的诗歌,与当代流行的诗歌都不一样。如果用流行的以"求同"为目标的"诗歌流派理论"来研究林莽先生的诗歌,是"除不断"的,林莽先生的诗歌的独创性和独特性就隐藏在这"除不断"的"剩余"之中。所有真正独创性的诗歌,对诗歌研究而言,都是一种挑战、一种难题,需要我们做进一步的细读和探讨。(邱景华)

倒霉鬼

/ 尚仲敏

一个人倒起霉来
真是拦都拦不住
他假期旅游
先是坐过了站
返回时
在一个小站站台上抽烟
扔了个烟头
被清洁工发现并纠缠
一转身
高铁已经开走了
倒腾了几次
在终点站拿到了行李
急匆匆回家
出租车又在半路上坏了
站在路边
再也等不到第二辆
我说你为什么不给我打电话

他说我打了啊

可手机偏偏在那时没电了

原载微信公众号"Z诗社"2020年10月27日

评鉴与感悟

作为曾经的大学生诗派代表人物，很长一段时期以来，尚仲敏在诗坛都是一个传奇，以至于在通信手段尚不够先进的20世纪80年代，全国各地甚至同时出现了几例冒充尚仲敏骗吃骗喝骗钱的案例，由此可窥尚仲敏当时在年轻作者心中的分量。我真正认识尚仲敏是在2017年，他身上没有成名诗人的那种所谓矜持，代之以让人舒服的轻松和幽默感。这也正是我对尚仲敏诗歌的最初认识。他的艺术状态是松弛的自在，信手拈来，娓娓道来，俏皮但不油滑，调侃中带着一丝感伤，反讽中透出一些睿智。我觉得更大的魅力还在于他诗中瞬间生成的那种力量，语言在他那里仿佛滚动的骰子，总让你产生某种打破常规的期待。（邰筐）

张女士

/ 李琦

张女士平凡，没有什么
可以称为事迹或者成就的事情
她又的确恩重如山，她养育了我
她是我的母亲

一个典型的哈尔滨女性
讲究，爱美，有点爱排场
八十岁时，还喜欢时装
说，留着以后
有场合的时候再穿

她愿意称自己为女士
一辈子注重体面
就是骗子打来电话
她也耐心地说，对不起
别说了，我挂了
弥留之际，她还轻声说：谢谢

要是不这么老多好

要是健康多好

要是没摔坏、能下楼走路多好

要是还能和从前一样，再能为你们

做点事情，多好

这是她晚年经常说的话

不啊，妈妈

那一切都不重要，真的不重要

2019年9月28日

要是从那一天以后

你还能活着，多好！

原载《中国女诗人诗选·2020年卷》，待出版

评鉴与感悟

深情，让人热泪横流。没有复杂的技巧，没有晦涩的词语，朴素的诗行中蕴含着隽永的深情。口语的娓娓道来，看似平淡，但是却有海一样深的诗情与亲情。（东方）

脆响录（节选）

/商震

001
有人说纸里包不住火
那一定是俗世的纸
我看到写满诗的纸上
都藏着熊熊火焰

005
一条鱼对着鱼鹰的影子
张大嘴巴啄了又啄
好像这样也算是复仇
复仇的欲望让鱼浑身是刺

013
传说万圣节的夜晚
鬼会回到人间
而我看到的
都是人类戴着面具装鬼

025
房檐的雨水像瀑布一样
突然觉得我是山洞中的神仙
用奔泻的水与世间的杂尘隔绝
雨停了我又恢复了肉身

097
我是一个旋转着走路的陀螺
旋转是有鞭子不停地抽打
我没见过鞭子的模样
只感觉到身上有许多条状的疼

126
老虎在新闻发布会上说
它一向是素食主义者
牛羊等食草动物都在替它吃草
它吃牛羊就是在吃草

215
月亮是个古老的酒壶
孤冷的时候揣在怀里
思念的时候挂在马背上
想喝醉时放在枕头旁

原载作者诗集《脆响录》，中国人口出版社2020年9月版

评鉴与感悟

在这些四行诗中,诗人擅长把某个熟悉的图景或者意象放置到一个崭新而陌生化的符号系统之中,以此来改变那个熟悉事物原有的含义,同时对符号系统形成戏仿或反讽,由此构建出所谓诗意来。这种语境重置使得两个或两个以上相距遥远的平凡事物之间忽然建立起了新联系,产生出了新含义,通上了新电流,于是有机地产生出了意想不到的惊奇之效。这样的诗意一旦产生,无论读上多少遍,它都在原地,不会消失。写作《脆响录》的过程,一方面,对于诗人,想必有着为让真相裸露而把窗纸一层层捅破的快感:"可是皇帝什么衣服也没有穿呀",体现了自由意志的强劲和直面惨淡人生的勇敢;另一方面,才是最重要的,这个写作过程也是诗人自我救赎的过程,诗歌有一条既严守秘密又泄露秘密的通道进入人的灵魂和意识的最深处,使痛苦升华并得以放射出光辉——从这个意义上讲,诗歌拥有特权,而且比其他任何一种艺术形式都拥有更大的特权。最后必须要说的是,对于可以使用这个诗歌特权的人来说,这是上天的恩典。(路也)

好人张成明

/ 梁平

上世纪七十年代,
张成明从农村返城顶替母亲,
在兵工厂当了工人,
端的是铁饭碗。

我没有返城。张成明替我爸写信,
劝说我回到父母身边,
信上说马儿鸽儿都回了,
很想我。

张成明上了八小时流水线,
流成班组长、主任、财务处长,
流成企业大权在握的高管,
没上过大学的他,很有脸面了。

厂里老老小小都说他好,
我父母特别琐碎,说他的好,

说病了他买水果来病房,
路上遇见,也下车陪他们聊点家常。

我不在父母身边,张成明
几乎成了我父母身边的另一个儿子。
那天母亲一早来电话,哭了,
哭着对我说,张成明走了……

张成明直肠癌动手术,
我从成都赶回,去医院看过他,
他精神很好,说没事了,
隔几天就可以出院,切了就好了。

我简直不相信。几个月时间,
张成明出了院,一直腹痛,
痛到不能忍受再去医院,
就再也没有回来。

医院说癌细胞扩散,
没有办法了。他的身体和名字,
最后在化尸炉里化成了灰,
灰里,有一把化不了的手术刀。

已经烧黑了的刀不说话,
它在张成明腹腔里的舞蹈,
藏匿在手术后康复出院证明书
鲜红印章里,比癌细胞扩散更要命。

好人张成明,我的高中同学,
就这样走了,走得不明不白。

他现在在另一个世界，我想，
肯定在学医，外科，将来是一把好刀。

原载微信公众号"南太行纪事"2020年10月6日

评鉴与感悟

梁平当然是一位才华型的诗人。但凡身边诸事、凡人小趣、生活点滴、一事一景，都可信手拈来，妙笔而成诗，举重若轻。如他的《知青王强》《回家》《刑警姜红》《邻居娟娟》《好人张成明》《痴人唐中正》《1998年的最后几天》等作品，明白如话，对人事和风习、方言等等如数家珍。特别是《好人张成明》，我觉得写得非常艺术，包藏量也很大，艺术感染力和时代特征也特别强烈，朴实而又雍容。读到最后，不由得潸然泪下。诗人剑走偏锋，直面一个医疗事故，没有横眉冷对，而是保持了极大的克制，反向的冷抒情给予"好人张成明"恰切的典型性与艺术张力。梁平先生用诗歌写一个人奇崛的命运遭际，写我们之中一个平常人的生命历程、现实厄难和精神困境，其深度和广度，是可以与一部中篇小说相媲美的。

关注人的写作，具有天然的爆破力与震撼性。关注人的命运和现实遭际，是文学的应有之义。梁平先生的这一类诗歌，我相信是可以留下来的。也是我们这个时代诗歌当中的"钙质"与"风骨"所在。

（杨献平）

父亲的身影未出现

/ 李少君

"你爸身体不舒服,不下楼吃饭了。"
梦中,我们兄弟三人,围坐一桌
母亲做完菜,解下围裙
擦了一下手,招呼我们开始吃晚饭

这是第一次,父亲的身影没有出现
半个月前,父亲去世了
这是他去世后第一次出现在我梦中
母亲说过他去世前两天就没怎么吃东西

这一次,父亲的身影未出现
在梦中,他也只是被我们谈论到……

原载《草堂》2020年第2期

评鉴与感悟

深沉的情感在平静的叙述中氤氲开来。诗人以极其克制的语言进行了细节的刻画和描述，营造了朴素而忧伤的家庭氛围，呈现了父子深情。伟大的情感就是这样，平静而又深沉，看似不经意的叙述中，却有最隽永的情感流淌在语言的深处。（姜超）

把一株青菜种到星辰中间

/ 沈苇

把一株青菜种到星辰中间
在那里升起几缕原始的炊烟
太阳里养猛虎，月亮上种桂树
几乎是剧情里的一次安排
当一株青菜种到星辰中间
世界就可以颠倒过来看
倒挂的蝙蝠直立行走
它们的黑已被流言洗白
山峰低垂，瀑布倒悬
大江大河效仿了银河
死者苏醒，像植物茂密生长
而地球的流浪渐行渐远
人间事，不过是菜圃里的一滴露

原载《天涯》2020年第4期

评鉴与感悟

把一株青菜种到星尘中间,这是诗人和艺术家最基本也是最本质的工作。这项工作意味着思维冒险和精神自由,意在抵抗庸常,消解某种习以为常的视角规定。陌生化的想象与思考,"蝙蝠直立行走""瀑布倒挂"等奇异的描述,实际上是针对固化世界进行的一次诗性调整,宇宙万象在错位的假设下获得崭新的秩序重建。在这次别出心裁的行为艺术中,诗人有惊心的洞见和不动声色的喟叹:人间事,不过是菜圃里的一滴露。(徐俊国)

祖 国

/杨键

枯草上的绵羊默默无言地望着远方,
多美啊,摆在油菜花地里的蜂箱。

一头眼泪般的牛拴在石头上,
拖拉机来回运着稻草。

那叫不出名字的鸟,在蓝天、眼睛、运河组成的灵魂里飞过,
晒在春天里的冬日身躯,渗出幸福的汗滴。

我不了解运送石棉瓦的船工的苦水,
但是落在甲板、运河上的光,永存!他们乌黑的眼圈,永存!

枯萎的荷枝犹如古人残存的精神,
没有什么比看到倒塌的旧房子更加令人难受。

姑溪河畔山顶的塔尖与江边码头的塔尖
同时,带着泥土的棕黄,刺向蓝天!

在车厢里，人们凝望着落日，
一件挂在桃树上的农民的蓝布褂。

> 原载微信公众号"诗绸"2020年5月5日

评鉴与感悟

杨键的诗具有俄罗斯白银时代的那种质地，有着能照进骨头的月亮反光，有着对事物重新指认的力量。他看似简单的诗句里其实藏着一套语言转换密码，需要细心解读。就像这首诗，祖国有时被解读为摆在油菜花地里的蜂箱。（邰筐）

报恩寺那口古钟

/ 汤养宗

没有一种存在不是悬而未决。在报恩寺
我判断的这口古钟,是撷取众声喧哗的鸟鸣
铸造而成。春风为传送它
忘记了天下还有其他铜。天下没有
更合理的声音,可以这样
让白云有了具体的地址。树桩孤独,却又在
带领整座森林飞行。这就是
大师傅的心,而我的诗歌过于拘泥左右。
永不要问,这千年古钟是以什么
力学原理挂上去的。这领导着空气的铜。

原载诗刊社微信公众号 2020 年 8 月 31 日

评鉴与感悟

我个人认为,国内有几位诗人,他们以非主流的独特性树立了自己的风格,比如汤养宗,比如余怒。他们处理题材,几乎都避开诗歌正面、整体的角度,他们走的是"旁门左道",而恰恰是这种非俗套,让他们脱颖而出。汤养宗的这首《报恩寺那口古钟》,第一句就显示了作者的视觉思想:"没有一种存在不是悬而未决。"不解释,直接抵达,这就是诗的方式。整首诗,诗人的认知围绕着主题穿行、伸展:微妙的触及,点到为止,自恋情结,这是一首充满了中国古典神韵的现代诗。(潘维)

深情可以续命

/潘洗尘

爱你所爱的事物
爱你所爱的人
深情　炙热
能毫无保留最好

这世间只有对爱
是公平的
你爱什么
这世界就给你什么
你爱多少
这世界就给你多少
甚至更多

比如我
此刻还能活在
这纷乱的人世
你可以说

这只是一次
非典型的大难不死
只有我知道
正是我此前给出的
每一滴水
如今都汇成了
江江江江
河河河河
湖湖湖湖
海海海海

深情可以续命
至少
是深情续了
我的命

原载《诗歌月刊》2020 年第 6 期

评鉴与感悟

《深情可以续命》这首诗,其实是对"慧极必伤,情深不寿"(老子)这种说法的一种反方向领悟。也许,只有了解这位诗人近几年身心所经受的创伤、磨难和幸存,我们才能真正体会这首诗所包含的深刻含义。这首诗的用词是如此简单,用情是如此炽烈,用心是如此良苦,用意是如此美善……仿佛奔涌的热血直接就让一腔肺腑之言流淌成了一行行诗句。一个人要活到怎样的份儿上,才会如此在乎一腔"深情"?!在这个人间,"深情"实在难得。(树才)

雅 歌

/ 树才

我们的车开向前方
难道那就叫未来吗
从沙溪移向湖州
当然还得求助于轮胎
道路转动的时候
大地上的一簇簇灯光
像精灵们围在一起跳舞
今天有人问我为什么读雅歌
他不知道我在为你写
心里的爱能写出万分之一吗
夜色把黑暗都变得温柔
这一寸一寸的路途
盯得我眼睛发酸
一个人还情不自禁地落泪
你说是为了谁
你说这天空中一闪一闪的
是灯光泪光还是星光

你只好高高地照着我
就当我是一片失眠的树叶吧
一缕光就给它满身幸福
我不应该羞于说我爱——
我甚至爱你的不在
我甚至愿意忘记未来
仿佛前面的路全是记忆
仿佛未来就在眼前

原载《诗收获》2020年春之卷

评鉴与感悟

"雅歌"在圣经里代表着最纯洁的爱情，也可以称为"圣洁的爱"，蕴意着拯救者基督与被拯救者之间亲密的关系。在树才这里，《雅歌》表现出了爱情对他的拯救，并让他进入到生命的至美境界，犹如但丁跟随贝德丽琪进入到天堂。在爱情面前，他前所未有地展现了自己始终努力遮蔽的一面，即爱欲本身，用他自己的话说是"火山爆发"。毫无疑问，《雅歌》里的每一句都是有人性的，都是有心跳和温度的，都是内心至真至纯的流露，涵盖了男女之爱，也涵盖了对人间一切美好事物的态度。（李德武）

陌生人却携带着熟悉的声音

/霍俊明

在手机这个无所不能的通道里
我们遇到了
越来越多的陌生人

没见过面
也不需要见面
他们在你的手机中频频造访

有时他们借助语音说话
有些声音永远是陌生的
而有些声音却像是熟识

有的声音像早年的玩伴
有的恍惚是你的领导或同事
有的则是早已入土的某个亡者

一些人隔着声音粒子

再次来到你身边
像是湖水中扔进一颗数字化的石子

不轻不重的提醒
你有了一次次
更为恍惚的时刻

他们更像是沉寂中
偶然摁响的门铃
门开了却没有人

原载《安徽文学》2020年第11期

评鉴与感悟

"你有了一次次／更为恍惚的时刻／／他们更像是沉寂中／偶然摁响的门铃／门开了却没有人"。这是对社交媒体兴起后，人们尴尬处境的真实而深刻的描述。由于互联网，距离好像变得不成问题，但出现了一个新的问题，那就是"附近的消失"。人们热衷于网络上的来自远方的碎片化信息，等待快递小哥五分钟也会变得不耐烦，对半径几公里内的风景熟视无睹，对身边的同事、邻居交流兴趣索然。于是，在我们的生活中，"附近"消失了。据说，现代人平均24小时内要打开手机176次，一周7天全天候实时在线，注意力缩短到只能读微博上的140个字母，网络社交媒体"更像是某个穿越的通道"，很多的陌生人可以毫无阻碍地深入你的手机，在其中路过或小住。这似乎很热闹，但"门开了，却没有人"，于是，在我们的文学中，"人"消失了。（李国彬）

一枝黄花

/陈先发

鸟鸣四起如乱石泉涌。
有的鸟鸣像丢失了什么。
听觉的、嗅觉的、触觉的、
味觉的鸟鸣在
我不同器官上
触碰着未知物。
花香透窗而入,以颗粒连接着颗粒的形式。
我看不见那些鸟,
但我触碰到那丢失。
射入窗帘的光线在
鸟鸣和
花香上搭建出钻石般多棱的通灵结构——
我闭着眼,觉得此生仍有望从
安静中抵达
绝对的安静,
并在那里完成世上最伟大的征服:
以词语,去说出

**窗台上这
一枝黄花**

原载《诗刊》2020年1月上半月刊

评鉴与感悟

在这首诗中最动人的是对鸟鸣、春光的感觉和表达，反倒不在于"说出一枝黄花"。诗人的用意可能最终落脚在"词与物"的隐秘关系上，但使我更沉迷的，是"启悟"生发和展开的过程。对鸟鸣，先是抛出一个意象"乱石泉涌"，细思，其实光影声色全有了。接下来连续翻空出奇，创意不断，"像丢失了什么"，色香触闻的鸟鸣"在/我不同器官上/碰触到未知物"，再到"在/鸟鸣和/花香上搭建出钻石般多棱的通灵结构"。层层深入，既形象又抽象，在感觉和意识的深处打开一片诗意的空间。融入了中国的禅悟体验，又超越了西方超现实主义生新、混乱的不足。可谓深度作业，离形得似。（程继龙）

西双版纳寻野象不遇

/龚学敏

厌世的溪流用镰刀从地图上砍掉竹林
女人开始以白为美
人心愈来愈野,而野象形同久违的诗句。

热带尚存
雨林如天气预报喊旧的名字
被催雨弹纷纷打成散装的云朵
已经失去乳房的圆润。榕树的记忆
匍匐在白描的连环画中,时间和童年
旧成枯瘦的笔画。

依山长出的楼盘,用钢铁的牙
把山咬死
不停复制出的死尸
是马路的同义词,扮演向导
牵引理想主义描述的雨,哀悼基诺山
和她上世纪的外套。

我不配出门
置身书中的滇越，世间安宁，空调不炎凉
可是，象牙已被描黑，泼再多的水也枉然。

象牙的灯被黑暗压迫得无路可走
我在虚拟的灯光下读书
在古时的象群里写信
仿佛，铆在夜空中的萤火虫。

只是夜空也空
我用摸象的手，摸不到孤寂的苍茫而已。

原载微信公众号"诗人名典"2020年12月19日

评鉴与感悟

这是《濒临十章》中的一首，是作者以诗歌的名义为所有生命发出的正能量呼声。世界自然保护联盟发布的《受威胁物种红色名录》表明，全世界每天有75个物种灭绝，每小时有3个物种灭绝。2009年，世界上还有1/4的哺乳动物、1200多种鸟类以及3万多种植物濒临灭绝的危险。当我写下这段文字的时候脊背顿觉凉意上升。我们同一个地球却不能有同一个梦想、同一个家园！诗人龚学敏正是将一种即将到来的悲剧呈现出来，以诗的名义发出警告。（十品）

雪

/ 阿信

静听世界的雪,它来自我们
无法测度的苍穹。天色转暗,一行诗
写到一半;牧羊人和他的羊群
正从山坡走下,穿过棘丛、湿地,暴露在
一片乱石滩上。雪是宇宙的修辞,我们
在其间寻找路径回家,山野蒙受恩宠。
在开阔的河滩上,石头和羊
都在缓缓移动,或者说只有上帝视角
才能看清楚这一切。
牧羊人,一个黑色、突兀的词,
镶嵌在苍茫风雪之中。

原载《诗刊》2020年4月上半月刊

评鉴与感悟

不少人都写过关于雪的主题诗,但有辨识度的作品并不多,虽然它事关普遍的自然,可要写出新意,还是取决于诗人的个体创造力。阿信的《雪》之不同,既在于其所立足的西北独特的地域风情,又在于他赋予了自然之景以深沉的信仰,大气幽暗中不乏与世界对话的整体感。由视觉主导的各种感官被调动起来,一场雪之景从外向内变得更为隐秘,而诗人试图将自我从全知体系中剥离出来,以旁观者的视角静静地记录下这宽广天地的一切。(刘波)

一九八三年的祖母遗言

/东方涂钦

祖母离世后的头七
上坟结束回到家里
我的姑姑就病了
她神志看起来无比清醒
却又总是哭闹着
呓语不断

她历数我们家
三代以上的历史
自称是我已逝的祖母
她和我的家人们交谈
用祖母特有的表情和语言
述说曾经的家族秘密

那些属于长者的故事
和后辈们的暗史
本已设置了密码

但她滔滔不绝
就像打开了这个家族尘封的宝库
有些宝藏的路径
显然并不属于我的祖母

而我的姑姑
她轻车熟路
她像极了我的祖母
轻松地打开了一个又一个
宝库中的箱子
让所有在场的人目瞪口呆

她还历数个别子孙的不肖
和这个家族特有的温暖
还有一些谆谆教诲和期许
像是留给头顶孝帽的子孙们
生前没有完成的遗言

她哭着叹着笑着闹着
嬉笑怒骂中
并没有对这个尘世的依依不舍
却充满了对这个家族
五味杂陈的爱意

如果她就是我的姑姑
如果她不是我的祖母
如果她就是我的祖母
如果她不是我的姑姑
如果,人世间真的需要温情
一九八三年的灵魂

就有存在的依据——
在鲁南
有一种朴素的民间故事
叫作灵魂附体

原载《人民文学》2020年第11期

评鉴与感悟

无论对人世舍与不舍，亡者有话要说。祖母去世后的第七天，把自己的灵魂附在姑姑身上。祖母掌握着一个家族的秘密和温情、后辈的暗史和个别子孙的不孝，但她是"离场者"，而姑姑是继续见证这个家族的"在场者"。"离场者"（祖母）挑选并允许特殊的"在场者"（姑姑）以"离场者"（祖母）之嘴，向其他"在场者"（诗人和整个家族）开口说话。

灵魂附体是亡者的灵魂借用生者的身体，邀请并命令生者，以亡者的语言向所有的生者说话。这种生死之间的信息交换，像布道，像遗言再次响起，神秘如诗。灵魂有灵魂的密码，写作有写作的钥匙。亡灵说话，她在人间挑选她的生者；诗人写诗，他用语言制造他的灵魂事件。东方涂钦有钥匙，能解码。（徐俊国）

确 认

/叶舟

从壁画上下来,就再也
没能回去。

拾柴,吹火,煮粥。
到了正午,
又诞下了一群儿女,
放入羊圈。
剩下的事情,就是
一灯如豆,
在傍晚穿针引线。

石窟是黑的,
人世上也没有一扇
轻松的门。
从壁画上下来的
菩萨,早已
是我的母亲。

原载《星星·诗歌理论》2020年第9期

评鉴与感悟

叶舟一直在与故土有关的词汇里打捞和打磨。时光静下来,又慢下来,又回到很久远的日子里。那是人们最初的生活模样:"拾柴,吹火,煮粥。/……剩下的事情,就是/一灯如豆,/在傍晚穿针引线。"叶舟是一位多面手,他以小说和诗歌等多种形式再现敦煌及敦煌壁画。其中的种种形象,无论是凡人还是神灵,都在黑色的石窟中繁衍生息。他们一直在那儿存在了上千年,谁都看见过朝阳,谁也逃不过黑夜的降临。在叶舟看来,正如题名一样,这是他所确认的。(张雨婷)

绳　结

/胡弦

绳上有个结。绳子
就是在那里找到自己的。

一个死结。任你怎么用力也无法
把它从里面拉出来。

通常，绳子活在一根平滑的线上。
但它内心起了变化，一个结
突然变成身体陌生的部分，被缚住，
并于绷紧中一再被确认。

如同连自身
也不肯放过的仇恨，这用力
拉拽过的结已很难凭回忆解开。
——它认出了思虑无法捕捉的东西，
束紧它，不松开。

原载《红豆》2020年第8期

评鉴与感悟

在这首诗中,诗人观物体察精妙。"绳子"从"绳结"处"找到自己",已经隐含了"认识你自己"这一古老而伟大的命题;"用力拉拽"呈现的是生命的紧张;"回忆"本身的柔弱无力,已表明化解的不可能。反复被强调的"紧",暗示了化解的途径,即"紧"的对立面——"松开"。而这时,对"死结"的关注最终解决了开头隐藏的人实现自我"认识"的命题。(啊呜)

夜　路

/ 江非

夜晚走在路上遇到了一个孩子
他问我这么晚了要到哪里去
这么晚了车站旁已没有车
没有我要坐的车停在那儿

夜已经很晚了我认不出那个孩子
他为何站在路边，仿佛是
我的必经之地，他给我说
车已经没了，已经没有车要等我们到夜深之时

已经很晚了我想走过去摸摸他
这个向我开口说话的孩子，走近了
才看到他已经很老了，孩子的手
伸向我并同时指向我来时的路

夜深了他还要对我说什么
他已经告诉我前面没有车

没有我要继续走的路
我握过他的手我带着我的心往回走去

已经很晚了,我已经知道
我的车是什么车次它等在哪儿
我知道什么才是我的路
它在原处等着我让我在星光下一路继续走下去

原载《诗刊》2020年6月上半月刊

评鉴与感悟

江非的诗,有着对存在的惊奇和沉痛。这首关于夜深赶路,遇到一个孩子,告诉他车站已过点不发车的诗,被诗人写得介于梦幻、现实之间。一两个信息语句稍加改变地重复。此诗的意境已超出日常叙述,成为当代都市的荒诞景观。回旋往复和含忍的嘀咕,在不完整的片断感觉中,具有深沉的抒情效果。叙述的关键在第三节:"已经很晚了/我想走过去摸摸他/这个向我开口说话的孩子,走近了/才看到他已经很老了,孩子的手/伸向我并同时指向我来时的路",一个令人震惊、无语的发现。一个流浪孩童,"走近了/才看到他已经很老了",这句话一出现,就让人感觉前面的"废话"是一种铺垫,是诗人进入这个特写之前的一种不忍。他只是握了一下这孩子的手,因为确实不能做什么。这种同情、苦痛,以及被他省略的一切可能的议论,成为这首诗的底蕴。(李建春)

送一送日落:致新年

/ 徐俊国

弯腰的彩虹,完成了辛苦的弹奏。
我是一架走累的竖琴,
终于可以坐下来了。
虽然命有雪花,但我的靠山是整个春天。

欢乐是木质的,悲伤是澄澈的,
生而为人,总是值得的。
最后一次日落,美如乡愁的日落,
我来送一送。

无论向什么告别,如何告别……
都要有礼貌,仪式感也必不可少。

无论是我们看不清世界,
还是世界让我们看不清自己,
在每一个黑白交替的时刻,
哭着辨认,继续爱。

因为送过日落，
我获得了迎接日出的资格。

原载《诗刊》2020年6月上半月刊

评鉴与感悟

徐俊国近年来喷薄成诗的"致万物"系列写作，是母语献给世界万象的一种修辞礼貌。他希望"鹅塘村"系列写作之后，真正教育他的是万物，而非人世。他以对景写诗和随物赋形的方式，不断加强对"物之微察"与对"道之敬畏"：悯人，救心，爱世界，在自然中更深刻地反思现代文明。这首诗渗出的疼痛和疲惫，隐含了一种肃穆的日落情绪，语调的舒缓与诗意的进退，松弛有度地调节和安抚着读者的阅读焦虑。"无论时事多么令人惊骇，诗人最根本的任务都是矫正生命和世界的关系。也就是说，无论多么困难，诗在本质上都是用来'赞美'的。"臧棣在谈及徐俊国的《散步者》一诗时说，"诗人对生活的态度源于积极的自我体验。"《送一送日落：致新年》也是如此。诗人向"美如乡愁的日落"告别，既是一种现实仪式，也是一种写作礼貌。当"弯腰的彩虹"向"辛苦的弹奏"告别，"一架走累的竖琴"终于可以稍事休息。诗人的职责，很大一部分是"哭着辨认，继续爱"。"欢乐是木质的，悲伤是澄澈的"，悲喜都觉而不动，值得动用修辞来留住的，是生命彻悟瞬间的那种禅境和静美。要想荣获迎接日出的资格，必须好好送一送日落。（田字格）

理 发

/卞云飞

日子像被无聊泡制的菜
丁酉年第一次理发
发丝从她指下,一根根,像光阴
疏疏密密、黑黑白白
坠落眼帘,
有一阵,像在剃度

原载《星星·诗歌理论》2020年第4期

评鉴与感悟

"有一阵,像在剃度"几乎是在一瞬间照彻了整首诗,时间的器皿再次于灰尘和了无诗意中复现。诗歌写作就是一次次的精神事件。理发的日常场面已经是一种常识,头发落地也近乎成为司空见惯、熟视无睹的物理降落过程,而唯独"有一阵,像在剃度"使得日常的物理过程与精神的心性过程发生了交互往返甚至直接碰撞。是的,自我和自我争辩就产生了诗。(霍俊明)

金句的力量

/ 轩辕轼轲

第一次见面
她就给他背诵
张爱玲的那段金句
"于千万人之中
于千万年时间无涯的荒野里……"
很快他们就确立了
恋爱关系待婚关系
婚姻关系和离婚关系
一年一个台阶
"没有早一步
也没有晚一步"

原载微信公众号"磨铁读诗会"2020年9月23日

评鉴与感悟

轩辕轼轲近年来致力于建设其个人风格的内在丰富性,并卓有成效。一方面,他保留了自己风格的最大本质——狂欢式的语言、会跳舞的舌头;另一方面,他又开始将诗意从语言一味起飞的状态中下沉,拉回到更有质感的内容,降落到现实生活之中。这令他的诗歌获得了更坚实的底座,也令其独特的个人风格获得了更大的丰富性和语言弹性。像这首《金句的力量》,轩辕轼轲的脑回路就是其诗歌最大的风格、最大的特点、最大的与众不同。这样的脑回路带给我们的是真正的幽默。(沈浩波)

穿过马路之前

/符力

大暑当前,立秋已近
几朵月季仍在开放:红的、黄的、绿的
谈不上饱满、丰润,不适合形容为:
灿烂,或者光彩照人

那样的存在,是一种死撑
一种病态

三十年前,我早就衰老了
三年前,我来到这座城市,离家五千里
反反复复穿过此处:农展馆南路
混迹于年轻人当中,从地铁口涌出来,穿过
纷纷雪飘的清晨、沙沙叶落的午后

这样的存在,是一种死撑
一种病态

此刻,我停住脚步,在滚滚车流的岸上

在整片月季的近旁
我看了她们一眼，在穿过马路之前
她们，也看了我一眼

原载《草堂》2020年第11期

评鉴与感悟

从某种意义上讲，诗歌的确主动或者被动地承担起生活的记录者与还原者这一角色。至少在《穿过马路之前》这首诗中，诗人符力为我们提供了这一判定的力证。人流涌动的北京，对于客居此地谋生的诗人来说，熟悉，但更多的则是陌生——它并不是诗人情感和生活的最终归宿。所以，立秋将近的月季，即使开出再多色彩，也不过是一种病态的苦撑；日日穿行于农展馆南路的诗人，需要应对的惯常生活节奏与内心对精神世界的构建诉求，几乎是在尖锐对立中谋求暂时性的统一，这何尝不是一种"病态的苦撑"？如果马路是汹涌澎湃的人生长河，那么此岸和彼岸则是两种截然不同的生活状态。但优秀诗人的特征之一是跳出所处的环境去还原和挖掘更深层次的存在意义，从这个角度解读，诗歌文本结尾处，月季和诗人的对视，是惺惺相惜，也是令人怦然心动的和解。（马泽平）

雪落民间

/ 晓弦

这些大步流星,从天上
旋转而下的雪花
绝非鸟落民间
只是让我知道,空气
也是可以凋零的
天使的翅膀、黄金的云朵
乃至钻石的星辰
也是可以凋零的

只要天气足够冷,一味冷
下去
雪落民间
冷得让死的头颅
变成活的骷髅
包括银币一样高贵的月亮,以及
金币一样自恃高傲的太阳
都是可以

随时凋零的

原载《星星·诗歌理论》2020年第4期

评鉴与感悟

这首诗虽然只有短短十来行，但其联想是开阔和超越的，其中的怀疑和挑战是出人意料的。天使的翅膀、黄金的云朵、钻石的星辰……这是可以随时凋零的。没有永恒不变的东西，而且，愈是显赫的、盛大的、荣耀的，愈容易凋零——命运就是这样的无情。这首小诗因冷峻地捅穿了某种残酷性而获得了力量。（伊甸）

钟 声

/ 墨痕

响与不响,小僧依然敲着木鱼
大殿里的烟火,冲破屋顶上的云

燃五炷、三炷,甚至一炷
只是途中的命题,占卜
卷起行走人的膜拜

跪下去,膝盖与石板对接
众生一势,而分辨的是,从钟声里飞出的一只鸟雀
早已熟知这种姿势

我来与不来,香火依旧
放下与拾起
寺庙里的钟声,依旧

原载《星星·诗歌理论》2020年第9期

评鉴与感悟

小诗独特之处，就是利用视觉、听觉、想象的交错融合，营造出思辨、空灵、干净且让人耳目一新的诗意境界。一切都是在不知不觉中自然而然地发生，在现实之上，也在意念之中。而"钟声里飞出的一只鸟雀"意象新颖，其用心令人叹服。整首诗虚实交融，直指当下和人心，绵密的诗歌情怀、纷呈的诗意隐喻和精妙的通感手法，让读者沉浸其中，难以忘怀。（乡间八哥）

织　锦

/ 郭建强

达尔文为泥土突然
举出第一朵鲜花，继而无数变异的
被子植物涌出地表用气味和色彩歌唱而困惑不已
他将这个问题称为"讨厌之谜"

之后，古植物学家在以色列发现的
植物化石将达尔文设定的时间推前了两千万年
就像是你必然出现在我的眼瞳（或者恰恰相反）
在亚洲之东，中国辽宁，一种古果化石
像上帝互置的迷局和解匙
显示了必然哺育和汇聚的结实

显然，这并不是原点，不是一，也不是
暗夜第一次隐藏在无有的鸟翼的那个瞬息
你可以继续前推：为什么在一亿三千万年前
两株相同的花草分别站在亚洲大陆东西两端
迎风祈祷，将无法猜度的行旅抛入时间之海

谁创造了她们，并托举着她们游历宇宙，扎根命定之地
我凝视你童年的相片：脸、眼神、嘴巴
神情似乎已经泄露将来的秘密
也是讨厌之谜，正将我所有的感觉和判断引入更深的渊底
唯有一点不变，那就是茎叶花的脉流和纹路必然地呼应朝霞
灿烂地成为你微笑的织锦

原载《人民文学》2020年第9期

评鉴与感悟

诗人在与我们交谈——一朵花、一株植物，它们用姿影、色彩、气味编织生命的密码，诗人则用语言编织精神疆域的密码。诗人书写达尔文在有生之年，在世界范围之内寻找能证明生物演进论、能解开"讨厌之谜"的古植物化石，如同寻找拼图里的最后一块图板。然而，偶然却又是必然出现的古植物生命体化石遗存，本身就是谜团。人类的有限性无法穿越时间抵达生命的萌发之地，破解古生物界的斯芬克斯之谜。但是诗人可以为人类提供一个绵密的思维织锦图，他抽出达尔文在肯特郡达伦庄园的沉思之缕，搓接在1亿3000万年之前亚洲大陆的东西两端。诗歌把读者抛入生命源发的场域，在深邃广袤的"时间之海"中探寻生命演进的轨迹，这显然是"我从何来"的终极之问。所有在时间和空间双重维度中织就的主体之思，都是独一无二的生命的反映。诗人在与我们交谈并不止于此，而是回到了现在，回到了引发质感思索的具体场景和人。那明灿的"微笑的织锦"，既是对探索本原的人们的赞赏，也是在生命的脉流和纹路中爱的安慰和鼓励。诗人在与我们交谈……（冯晓燕）

桉 树

/王单单

我曾于滇中的荒原上
目睹大面积的桉树,死在阳光下
泛着灰白与莹亮
那些树皮反复包裹着枝丫
在它们断裂、坠落、沉入泥土前

桉树根系发达,能吸走
脚下全部的水分。桉树
所在之处,周围寸草不生
当我们穿过滇中,会发现很多山头
都挺立着饱满的桉树
葱郁而又华美。甚至
可以在秋风的摇荡中
听到它们体内哗啦啦的水响

也就是那年冬天,滇中气温骤降
所有的水都突然凝固了

桉树们猝不及防，有的死去时
贪婪的根须正在伸进岩缝中
舌苔正顶在一滴露珠上

原载《诗刊》2020年10月上半月刊

评鉴与感悟

王单单这首诗写到了桉树大面积的死亡，猝不及防的突然性，令人惊悚。无助悲凉，如山谷深处刀子一样的凉风刮过心头。由于"气温骤降"，只知道健壮而快乐生长的桉树，对生长环境毫不设防的桉树，突然大面积死亡，像战场上没有来得及一展身手的将士，牺牲时还保持着冲锋的姿势。如果说悲剧性是文学作品的高级审美层面，而现代诗能够以最短的篇幅抵达其核心，关键是要看诗人的语言能力、悲悯之心与认知深度。（李木马）

生活练习册

/ 王原君

我看见潦草杂乱的生活
奄奄一息
被判无期徒刑

我看见横冲直撞的人们
体内的河流濒临干涸；或浪迹天涯
或沉默不语，目光呆滞，在冬天的门前咳嗽

我看见万里高空之上的、深埋地下的
矿物一样坚硬，忍耐着永无休止的道路和纷争
每天提心吊胆，不停加固城墙

我看见废墟上飞舞的碎纸屑
字里行间的害虫；被蚊虫叮咬的人心宽体胖
他们：转念之间又是新世界

我看见路上的人们

千姿百态——
而生活从来没有对谁另眼相看

原载微信公众号"天天诗历"2020年12月12日

评鉴与感悟

王原君原来用过另一个笔名麦岸,实际上我更喜欢麦岸这个名字。当时他从山东来北京没多久,2011年我读到了他的一本自印诗集《中国铁箱》,"搭乘今夜的小火车 / 我路过你们的城市与喘息 / 像天亮前消匿的露水 / 阳光,曾是我们共同的背景 / 但内部已千差万别"。火车、城市,已经成为这个时代最重要的媒介和空间,灰色或黑色的精神体验必然由这里生发。我喜欢"内部已千差万别"这句话,用它来做本文的题目也比较妥当。王原君的诗人形象一度让我联想到一个落寞的"革命者"——更多是自我戏剧化和反讽的黑色腔调。王原君是同时代诗人中"历史意识"或确切地说是个人的历史化以及现实感非常突出的。这让我想到的是诗歌对于他这样的一个写作者意味着什么——"资本时代的救赎"(《北京情话》)"连悠远的祖籍也丢了"(《冬至》)。这是历史在自我中的重新唤醒与再次激活。资本的、现实的、超验的、农耕的、速度的以及怀旧的、个人的、情欲的、批判的,都以不同的声部在诗歌中像白日梦一样纷至沓来。(霍俊明)

行 走

/ 熊芳

我每走一步
都感觉脚心窝踩着一个名字
我一直以为我是一个人
平静的水面遮掩沉思的顽石
那些散落在天涯海角的同伴
总是乘着白云来看我
不仅仅是某个人，还有草木、花鸟
抑或是猛兽、洪水、飙风、静默的虚无
他们变着法子粉碎我又拼凑我
我听到眼泪一滴滴落入泥土的声音
如果不是那些可爱的灵魂咬掉内心的抗争
我不敢再向前移动脚步

原载《湘江文艺》2020年第1期

评鉴与感悟

读了熊芳的诗歌,我感到有不少诗人是心灵的按摩者或者抚慰者,他们偶尔也仰望星空,更多的时候是映照内心,深入内心。生活的细节与内心的沉淀耦合在一起,揭示了许多人生或者人性的秘密,让读者恍然大悟或者悠然心会。这一类诗人,不是拿着望远镜指点江山,而是对着显微镜解剖人生或者人性的幽微。(陈集亮)

微　笑

/ 喻言

站在大街上

我对所有行人

露出微笑

有人目不斜视

擦肩而过

有人表情狐疑

欲言又止

有人面带嘲讽

嘀咕一声：傻×

有人目露凶光

仿佛生死大仇

要把我脸上的笑容

逼回我的头颅

只有一个孩子回应我

一个更加灿烂的笑容

像一朵鲜花绽放在暗淡的黄昏中

如此的纯净

我幽暗的内心陡然一亮

然后陷入深深的惭愧

原载《上海文学》2020 年第 10 期

评鉴与感悟

十二年前，评论家吴思敬先生和我闲聊时曾说过这样一句话：这个时代谁在诗歌写作中处理好了人性批判问题，谁就会成为一个优秀的诗人。喻言的无疑就是那个人。（邰筐）

绽　放

/代薇

在山里
看见一棵树
繁花似锦
美得那么偏僻

此刻，你会发现
赞美与掌声
都是因为表演

没有见证的绽放
才是真正的花开

原载《诗刊》2020年3月上半月刊

评鉴与感悟

这是一首渐入禅境的小诗。"绽放"是禅。诗人"在山里/看见一棵树",那"一棵树"就是一个禅者;"花开"就是禅者笑的动态,这种笑"繁花似锦",是因为这种笑是那么的独立而独特。所以所有"赞美与掌声/都是因为表演"。也因此能幽默而自信地笑一笑自己,早已不在乎别人的真笑或假笑。"在山里/看见一棵树"呀,也看见了自己。"没有见证的绽放/才是真正的花开",一切已静滤,明心见性于会心一笑。一切无须"见证",是因为早已"自证"。代薇,仿佛一种雌雄同株的"偏僻"的植物,美得如此"偏僻"。(徐盛)

戒　指

/ 流泉

在闪光。
被金子环绕并在暮色中
洗去尘灰的
一只手
在闪光。风从
你的身旁吹过，风在闪光
树上，落下来的
是一粒松果。
松果
在闪光。他牵着
你的手
整个夜晚
牵着星星的手。
星星，在闪光。而母亲
坐在一枚
戒指上，白发
在闪光。

原载《处州晚报》2020年7月15日

评鉴与感悟

诗歌从"闪光"切入，围绕"闪光"两字递进，最后又停在"闪光"两字上，像是六个齿轮，紧紧咬合，推动诗意的完成。六个相同的"闪光"截面，非但没有让人感到烦琐，反而崭露最内核的生命印记，呈现诗人不同的人生镜像，并投射强烈的情感力量。镜像中，戒指发出的光如此丰富，种种意象潮水般涌来，而母亲的白发则是戒指最后的光，也最为绚烂，或就是自己的人生归宿。全诗没有一个字写到"戒指"，却用"闪光"讲完戒指的故事，让人惊叹。（陈鱼）

奔　跑

/ 佘正斌

这些年，我一直在奔跑
奔跑在乡间田头、大街小巷
以及城市坚硬的马路
累了，就放慢脚步
在江畔、问风，听流水
内心的波澜，往往要比脚下的
潮水，还要壮阔
仿佛要把身体的版图，一再
扩展到、江面以外
江水，犹如诗歌的语言
用诱惑，或者梦想
种下浪花、高度和希望
而对岸，一缕炊烟，不经意
拨动我异乡的心跳

原载《诗歌月刊》2020年第7期

评鉴与感悟

整首诗用平实的语言构建了一个较长的时间视域场景,给读者以想象空间,增强了诗歌的内在张力。奔跑的意向塑造正是人生进程的写照。最后在诗的末尾,一句"对岸,一缕炊烟,不经意/拨动我异乡的心跳",一下子升华了主题,正是诗眼所在,余味十足,令人难忘。

(乐冰)

我们的羊

/ 苗同利

羊第一年长肉。第二年
长骨头。第三年继续长肉。第四年
扯淡

第四年太遥远了。它们和第四年
隔着——
苍苍蒹葭和为霜的白露。一首传唱了
一千五百多年的北朝民歌

能看见第四年的羊,绝无仅有。

秋风吹雪,河水磨牙。
几枚苍耳子,紧紧地粘在我的裤脚上
要跟着我走遍鄂尔多斯

我认识的一个年轻蝎子
把一口带冰碴的水喝到嘴里,咀嚼着

迟迟不肯咽下，眼眶里
泪水盈盈

原载法律人诗社微信公众号 2020 年 10 月 3 日

评鉴与感悟

这个人的诗可读，但不可细读。这个人的诗有毒，轻则毒瞎眼睛，重则毒瞎心性。不会要命。毒性仅次于砒霜、狼毒草根。

有一类诗，不是用来读的，是用来活的，是用来经历和感受的，是用来标示现实的，是用来忧伤的，是用来治标不治本地针灸、拔罐、艾熏的。小打小闹，鸡零狗碎。格局不大。他的诗就是。

比如《我们的羊》。主人公是一只蝎子，是一只已经成年、无性别、无性欲，作风正派的蝎子。但是，它参透了生死。再也没有快乐了。它站在草原的腰部，站在穆伦之滨，把一口冰碴水含在嘴里迟迟不肯下咽，眼睛里泪水盈盈。

仓央嘉措写过："人世间/除了生死/都是闲事。"向死而生、向生而死应该是一回事。但愿是一回事。（白墨）

他有最孤独的明亮

/ 小葱

清晨，睁开双眼
光停在睫毛上的刹那，感知到

我有一段情，待境而生
也许在巴黎，也许在嵩山

原载作者诗集《夜鸟穿上鞋子旅行》，河南文艺出版社2020年9月版

评鉴与感悟

"我有一段情，待境而生"，这是诗人的自白。"我"所待的"境"是怎样的"境"？诗人自问自答："也许在巴黎，也许在嵩山"。这两个"境"：一个在西方，一个在东方；一个代表现代文明，一个代表自然；一个遥远虚幻，一个更亲近切实。诗人说"也许"，表明这仅是一种比方，传达心境游移的情状。一个人的"自我"觉醒了，明亮让他发现自己，如对"自我的重新发明"。于是"境由心生""情境相生"，便生长出这一份孤独难遣的实感。（伽蓝）

给莫妮卡：卖花的女人

/ 林珊

莫妮卡，你蜷在黄昏的摇椅里
眼看着远山和天色一寸一寸
暗下来。你开始想念一个地名
一条街道，一个院落
一个房间号，一张单人床
那与你山重水复，相距一千七百多公里的
北方。河面结冰了，树叶掉光了
风声很大，雨点很密
你曾站在六月的天桥上
目睹火烧云是如何出现并消失
红彤彤的天空多么绚烂啊
天桥下是不息的车流
桥栏边坐着一个卖花的女人
她拥有慈祥的眼睛
深深的皱纹
洋桔梗和小雏菊安静地躺在箩筐里

散发出淡淡的香气

莫妮卡,你在天桥上站了很久

直到火烧云彻底消失

霓虹灯照亮整个北京城

你走下天桥,忍不住回头

那个卖花的女人

多像你离世多年的

外祖母啊

原载《星星》诗刊2020年第2期

评鉴与感悟

深情莫如林珊。这是我在赏读诗人诸多诗作后,一个最为强烈的直觉,它总是牵引着作者和作品在某个节点上展示出较高的文本完成度。诗人有着非常自觉的移步换景、造景生情的"魔法"手段,如同电影的分镜头、"蒙太奇"处理。从"黄昏的摇椅"开始,洋溢着慢节奏的蓝调,那是种安静又落寞的气氛,从专注于单个事物描摹一下子拉到"相聚一千七百多公里的/北方",诗歌的空间瞬间得以拓展,但这种大跨度飞跃,并没有落入惯常的虚空和无妄,相反依然是及物的抒情和克制的叙述。整首诗显然是有情节的,可似乎又很难找出明显的线索,只剩下迷人的气息浮荡其间。所有的绚烂,不过是烟云浮尘——而卖花女人像离世多年的祖母,这个结尾颇叫人觉得意外,心头一颤,诗也轻轻摇晃了一下。时间在空间面前,也许尽是虚弥,它们纵横交错,不分彼此,但深情弥漫处,是作者高超的艺术之功,让"虚"走向了"实",让"个体性"化作了"普遍情感"。反复品读,余味隽永。(飞白)

向莲花及斑嘴鸭和护鸟人借宿

/ 哨兵

鸟儿让我哀恸。那只斑嘴鸭拖拽断翅
天黑时,又不知藏到哪里去了
躺在莲花底下时,护鸟人
绕着野荷荡,一直都在呼唤
那只鸟儿。这种声音
贴着洪湖传过来,听起来
却来自世外,是虚无
在寻找虚无,空寂在寻找
空寂。躺在莲花底下后
每到护鸟人叫一下,斑嘴鸭
应一声,莲花就会落一瓣
天黑后,斑嘴鸭已不是斑嘴鸭
是被伤害,莲花也不是莲花
是凋败。而莲花
落进这艘鸟类救助船
却在我的脚边颤栗,如悲
如欣。但我管不了莲花

悲欣交集，是因护鸟人在呼唤

还是因斑嘴鸭在回应。这种呼应

却蛊惑我，躺在莲花底下

喊了起来，听起来

是在呼唤莲花。每到我叫一下

莲花也会落一瓣。但我发声

一半是在复述斑嘴鸭，如何对洪湖

表达这些：疼痛

幸存。一半是想唤回护鸟人

谈谈莲花为什么落瓣，斑嘴鸭

为什么断翅。湖上漂荡月余

除了遇上草木，就是凋败

除了鸟儿，就是被伤害。天黑前

我就忘了这些：语言

人类。护鸟人也忘了这个世界

绕着野荷荡，边呼唤

那一只斑嘴鸭，边在洪湖

喊魂。任莲花败至天明

原载《星星》诗刊2020年第8期

评鉴与感悟

在以地理学为核心进行扇形诗歌写作的众多诗人中，哨兵的特异与高妙在于，他为当代诗坛呈现了一部以洪湖为精神符号的诗歌地方志。但又不限于此，他在极其具象的自然诗学文本中，建立了一套与生命、世界、家族、时代、命运等抽象内容血肉相连的修辞符码，而且，所写，及物；所思，有痛。他可能触及了"我哀恸，故我在"的诗学神经，以拔出萝卜带出泥的写作方式，勾起我们对事物的隐喻意义与人的现实困境的真切思考。《向莲花及斑嘴鸭和护鸟人借宿》，一如既往地贴着具象的事物匍匐成诗,密实,紧凑,慢镜头,如雕塑倒挂、菩萨悬空,低奏着一种含泪仰视的悲情。护鸟人呼唤断翅的斑嘴鸭,莲花落;诗人为被伤害的语言喊回魂魄,天还没黑透。(徐俊国)

睢县姑娘

/ 郑小琼

天空飘满我使用过的悲伤,黎明倾倒
金属的忧郁与记忆,星星闪烁迷惘
河南女工忧郁的面孔,她颧骨高耸
四肢健壮,铅灰而莫测的通济河道
从平原古镇经过的月亮、诗经、植物
她没有背弃的方言与乡愁中的河阳集
在深夜机台,怀念被岁月抹去的宋国
古老集镇的城寨,抵抗捻军骑兵的祖先
她在地图上寻找南下的车辆,它们经过
湖北、湖南、广东,她浑浊如黄河的口音
飘荡山间的栗树林、飞鸟,无尽的贫穷
她从铁片上寻找生活的方向,精准的曲线
那些凶猛的刀具,那永不回返的寒溪
那通向远方的道路,那被她梦见的荔树林
那时候,她眺望的是远方、爱情、乡愁
伤残的手指、加班,笨拙而伤感的黎明
宁静而陈旧的黄昏,如今,她习惯了房贷

一日三餐的世俗、灰蒙蒙的城市和社区

原载《诗刊》2020年10月上半月刊

评鉴与感悟

一首现实主义诗作使用意识流手法来完成，这是我读此诗的第一反应。谁的意识？"我"。意识对象？"河南女工"，亦即题目"睢县姑娘"。全诗第一句让"我"出场，以便以"我"的视角来描述河南女工，"我使用过的悲伤"定下了"悲伤"的基调，仿佛也借此告诉读者，"我"也曾经历过"河南女工"的生命流程。在对全诗的阅读中我们梳理出了与河南女工有关的几件事：1.在深夜机台，河南女工对家乡的怀念：通济河道、平原古镇、河阳集、宋国，这些地理词语提供了河南女工的出生、成长背景，有迹可循。而其中出现的"诗经"和"捻军"，凸显了睢县的历史感。2.河南女工的南下之路：经过湖北、湖南、广东，没有再出现下一个省份，因此可视为终点站即是广东。3.河南女工在广东的工作：铁片、刀具，这些与工厂有关的词语表明，这是流水线上的一个女工。4.河南女工回想未离开家乡时对远方的"眺望"，包含着爱情的诉求，也怀揣着对未来的恐惧。最后两句交代了河南女工的现状："习惯了房贷/一日三餐的世俗、灰蒙蒙的城市和社区"。这说明河南女工已经融入了异乡的生活。全诗不断交叉、闪回，时间线索并不明晰但也大致可感，这与人的意识状态的无理性吻合。我们总是从一个念头突然跳转到另一个不相干的念头。作者仿佛只是想不动声色地记录一个人的生命状态，不表态，不评价，但我们还是看到了一个背井离乡的人有点迷糊的人生。（安琪）

暖 冬

/桑子

雪的骨头一根接着一根，因太过精巧
而限制了自己
朽木投入炉膛，瑰丽的太阳困在人间
观看自己也观看众人

鲁莽的太阳跪在朝南的庭院
人人将门紧闭
低矮的人间由模子铸就
材料上好，工艺精湛
他们奋力劳动，酿酒并撒尿，热气腾腾

死了的一切还没有死透
复活的空气
像尘土一样，粘在鸟的翅膀上
城墙老旧，如一排崭新的王朝
空间的秘密囚禁在蛛网中

蜘蛛织着别人的罗网，质朴而温和
河水一样长流不息等着它的客人
种子从云中递来，庄稼从书中长出
注视着我的另一个自己
由年久失修的时日和锋利的光组成

水蛭吮吸疮毒，繁星凿凿
太阳崩坏
大地在雨中攀登
这雨来自我们的心灵

原载《大家》2020年第3期

评鉴与感悟

一直很喜欢桑子的诗，究其原因，不过有三：一是她语言的纯粹，不拖泥带水；二是她善于由远及近地铺排出诗意，给人意料之外的意象；三是她深刻的哲学语境和思想内涵，没有一定的人生阅历自然是难以水到渠成。这首诗更是处处闪光，诸如"观看自己也观看众人"大有见山是山、见水是水的境界，而"他们奋力劳动，酿酒并撒尿，热气腾腾"更是剑走偏锋，给人眼前一亮的现实感、真切感和距离感。酿酒与撒尿，这样的词语连在一起，是超凡脱俗的智慧，更是诗人忠于诗歌而摒弃教条式诗歌的尝试和见证。这样的诗句看似简单，实则没有一定程度的语言修炼和意象捕捉，很多人定然无法做到。"大地在雨中攀登/这雨来自我们的心灵"，前后两个"雨"字，生出不同的思绪，这正是诗歌的迷人之处，也是诗人的巧妙之处。(陈朴)

纸上相逢

/ 段若兮

——开启了我们的自我辨认。自我怀疑
自我……找寻

一页白纸
向着所有方向延伸的被雪覆盖的旷野
一张等待被书写被呈递的状纸
是否要记录的是未被命名的词语的
血的冤情

一张纸强硬地弯曲　拱起虎脊　奔跑成连绵的雪峰
来自词语内部的起义？
一张纸断裂　彼此对峙　裂隙的悬崖
在等待一支笔的浮桥？

笔尖的颤抖　笔管里闪电和鸽群和流水
我能握住吗
我们的相逢打开了质疑和否定之门

并让一张无辜的纸开始感知痛苦
——空白的和被词语攻陷的
双重痛苦

不要!
……不要用词语去抚慰一张白纸向天空和深渊同时生长的伤口
词语通向的不是表达,不是叙述
而是沉默之境

原载《大家》2020年第1期

评鉴与感悟

段若兮的诗歌写作具有明显的词语实验的倾向。词语的实验,是针对词语本身的,是对日常语言自觉的变形和反抗,目的即在于通过改变词语的组合,开掘汉语语言存在的新可能性,而其实质则是为了借助于语言组织方式的新变化。一如苏联文学理论家什克罗夫斯基所言,"恢复对生活的感觉",让生活的一般性的指事,成为艺术的意义化的表现。《纸上相逢》首先从标题开始,通过对人们熟知的"马上相逢"进行改变,颠覆经典也改变传统。接着诗歌文本又运用一系列的反常词语组合,如"辨认"和"怀疑"、"延伸"和"覆盖","记录"和"未被命名","裂隙"和"浮桥","表达"和"沉默"等,从一张纸上,开启了一次紧张而歧义纷出的语言游戏;同时也通过"荒野""状纸""雪峰"和"门"等意象的建构,将现实修辞为精神,暗示诗人主体自我表达的困难,同时也隐喻当代人身份难以具体确认的生存痛苦。从明晰到含混、从单一到复杂、从所指到能指,这是段若兮诗歌写作所示范的古典表达和现代表达之间存有的根本区别。(雨眠)

想象的一天

/ 杨庆祥

想象吧,早晨,光驱散你隔夜的梦
醒来的奇迹在煎蛋的香气里
——虽然我提醒你油有点大
火锅也不能吃太多。你的胃是带伤的容器。

蓝色依然是我们的形式和面容
想象你在世界地理的注视下,回忆起
一小段愉快的时光。
在那里,小仙女不是一个隐喻,你真实地
拥有慈父和严母。光照耀你额头的弧线。
多少人没有爱,你给予,你完成自我,
经过一段虚构的关系。

在十年后,你又可以享受我的掌心。
虽然下午和晚上我们不一定在一起,至少
紫色的光线从来没有中断。当你在别人的故事里
诧异,请想起我,想起我从来如此的,骄傲的,

孤僻。像一个天使长，在第八个音阶。

而生活从来就不是必然如此。真理的痛苦在于
它与人生相悖。
你每一次盛装或轻颜，都是可爱的蓝。
北极星在左，黄瓜和茄子在右，你来的时候
记得脚踏风舵，因为"大地上并无尺规"。

想象吧，一天或者一生。在另一场永眠来临之前，
爱的焰火照亮你锁骨上的红痣，我们共同的信符。
以前的告别历历在目，虽然晚上我们必然不在一起，
但"不要推迟存在"，当时的明月，照耀着我们
现在的新天新地。

原载杨庆祥个人微信公众号2020年7月5日

评鉴与感悟

杨庆祥的诗，其实远不是这样的单纯——当然呢，单纯，也并非抒情诗的嵌入肉里的指环。我想说的是，他可能另有所谋。比如，营造出一种对话式语境：花与恶的对话，清洁的仪式感与压抑语境的对话，童话与现代羞辱的对话，回忆与当下性的对话，乡愁与远征的对话，颓废感与不朽的对话，死与爱的对话，反讽与哀告的对话，南方之肉体与北方之心的对话，万古愁与历史乐观主义的对话。从绝对的意义上讲，没有任何写作能够脱身于对话式语境。杨庆祥所力倡并践行的对话诗学，也就只会是一种狭义的对话诗学，通常只能在个人性与总体性之间展开，在孤胆英雄与历史性逻辑之间展开，或者说在抒情诗与政治哲学之间展开。我们关注这种对话所形成的共识，当然也偏爱妩媚的差异性、停不下来的争吵和再没有商量余地的面红耳赤。我们甚至可以如是断言：在看似民主的对话中，个人的态度和立场，反而将变得更陡峭更嵯峨。杨庆祥写出了"假性抒情诗"，却奇妙地强化了"公共知识分子身份"。（胡亮）

从大海中搬动

/ 叶玉琳

夕阳在慢慢腾挪
感觉整座海都在光中漂移

请以大地之胃
喂养龙须菜和花蛤
请以天空之眼
盯紧金枪鱼和梭子蟹
否则它们将很快逃逸
大船摇摆,潮汐卑微
白海豚孤独如王
它有足够的时间用来沉思
这蓝色的呼吸楔入大海
苍凉,又安宁

这是在东南海面
波光粼粼的水
反复运送着肥沃乡愁

是的,一座鱼排就是一个故乡
就是现成的蓝调秘境
但当海潮退尽,浮日黯沉
你是否有足够的韧劲和勇气
抵达另一条陌生的海岸
是否仍有执念,有如
沧海逸珠,净水暖波
骄傲,挺拔
不呈现就羞愧

想着大海还剩些什么
从大海中搬动什么
成了此时此刻
新的哲学命题

原载《星星》诗刊2020年第11期上旬刊

评鉴与感悟

诗人生活在闽东北的大海边。这里海洋资源丰富,人们祖祖辈辈靠海而居,以海为家,造船,捕鱼,养殖,海是他们的心灵之所。

诗人在铺满夕光的大海边,见到了大海的馈赠,正是那些最朴素的海洋生物,抚育了"大地之胃",也温暖了诗人的"天空之眼",构成了现成的蓝调秘境,它带人们进入另一个家园,另一个春天……

这是一个需要被重新构建和确认的世界。

曾几何时,过度粗放无序的捕捞和海上养殖,对航道、锚地等海上"生命线"近乎粗暴的占有,严重影响了海洋生态环境,让美丽海洋留下了一道道目不忍睹的疮痍。

至此,大海还能剩些什么,我们从大海中搬动什么,成了新的生存命题。

痛定思痛中，我们需要重新关切和思考海洋。是爱，是牺牲，是救赎，是融合，是自我斗争？这是这首短诗带给我们的启示，也是海洋交给我们的永恒的辩证题。（北岸）

重　复

/ 戴潍娜

秋梨膏的路面，老阿尔巴特街
零点出门，我模仿路遇的每一个人

不同的步态，驮着不同的人生
脚一滑，我堕落进他们的历史
重复他人脑海里的蠢物
重复佝偻的角度
重复不对称的嘴角
重复睡姿
战争中死去的人又一次活过来
重复的话，像先知吐掉的口香糖
一枚枚假冒的劣质勋章
解放之花开满胸脯

一场大雪就把大地宽恕复原

驰骋在昨日的帝国，我是潜入时间的鬼魂

从阿尔巴特街，到西伯利亚无辜的雪原
我已走过大半个世界，却还是个小镇姑娘
永远不知自己何时在重复
身体姿势里储存着过去三十年的全部习惯
我的出身，我的祖先，无数套中人
紧身衣，一代人无力抹平的悲喜
每一天我努力模仿年轻的自己
又屡屡在天黑前将她放弃
告诉自己，做明日的新娘

敢活着扮丑，死了方能美丽

我扮过了侏儒，扮过了中将大人
扮过乞丐、妓女，也扮过独裁者
在胆敢扮演上帝之前
让我先来模仿一个醉鬼
踉跄舞步踩着变革的爵士
第一圈经过了蒲宁
第二圈跟蒲宁干杯
第三圈蒲宁仍在等我
突然，被什么给绊倒
一尊肉体！

在我逃跑或道歉之前
那醉汉翻过身，举起晃荡的酒瓶
"兄弟，再来一杯？"

原载《十月》2020年第3期

评鉴与感悟

戴潍娜的诗一经出道,就因卓著的原创追求在同质化倾向严重的新一代诗人中高标特出。正是这种原创追求保证了她作品耀眼的艺术个性,其中充沛的生命能量、敏锐的直觉感受、杰出的语言天赋和作为一个知识女性自觉的诗学认知四位一体,相得益彰。她的诗致力于灵性和智性的融合,立意尖新,辞风锐利,肌质丰满,情境鲜明;她对语言不同层面间可能的冲突和悖谬的高度敏感尤其令人印象深刻;而她不遗余力的持续探索,则使之成了其作品活力的重要渊薮。据此她发展出一种不惮将戏剧化运思推向极端,却总能保持住某种危险平衡的独特的修辞技艺。(唐晓渡)

愈寂静愈蔚蓝

/恩克哈达(蒙古族)作　查刻奇(蒙古族)译

想到大海没有形状
便相信水滴是椭圆蔚蓝

虽然天空一无所有
想到飞禽却不会掉落
便相信一无所有是深蓝

被母亲吻过后
开始写诗的时候
第一行诗句似穿着蓝缎袍

笑逐颜开地
玩着铁圈的小女儿哟
我喜欢用你蓝色的裙摆
劈打我心中的苦闷

想到家燕在巢穴中
用马尾编织吉祥结

便知道在后山的山巅
挂起了蔚蓝的虹

在书的光热中暖手的时候我便知道
从湿透的天空
降下沼泽的蛤蟆时
要撑起蔚蓝的伞

怜悯着从高处落下的
崭新的枯叶
叹着气从卧房走出来
看到风儿倚着门倒下
陡然恍悟
原来心只会在蔚蓝的波澜中浮游

心爱的女人拆开我的信时
看到蝴蝶飞停在
她的胸饰石上
便相信幸福定有一对蔚蓝的翅膀

看到上了马绊的马
在草原深处
如同孤草一样形单影只
便想到
自由如同马眼一样蔚蓝

在泉眼处
饮过水的白鹿
蓦然回头的一瞬
感到云雨将至

便相信麒麟定驾蔚蓝的云

在石蛙旁边的石头上
垂足而坐
凝望天空时
能感到
自己住在
蔚蓝门的石屋里

当寺庙里的燕子衔来火种
点旺佛灯的刹那
我所想象的蔚蓝世界
在合十千年的手掌中
悄无声息地形成

将整年打坐的老树的心脏
在日落之前摩挲时
感到那温热的叶片是蔚蓝的

孩子们
用野苋给寺庙里的鸽子喂食
我相信他们的祈愿和他们的蓝衬衫
会一同舞动

不要出声，我的思绪
那些蔚蓝的山峦
正走向上了绊的马
不要出声，我的眼泪
那些蔚蓝的雨滴
从优雅而立的母鹿的睫毛上

就要滴落而下

不要出声,我的笑容

那蔚蓝的风就要来胳肢我

不要出声,我的心

蔚蓝的雾霭

正要捂暖嫩草的脚

不要出声,我的手脚

蔚蓝的宇宙

在我的指纹中磕绊起来

不要出声,我的语言,我的理智

蔚蓝的波澜开始亲吻我的脚

不要出声,我的神灵

蔚蓝的鸟正衔着蔚蓝的天空

在我的心海里翱翔

原载《花的原野》杂志2020年第12期

评鉴与感悟

这是一首关于"蔚蓝"的诗篇,草原之上蔚蓝的天空与漫野的绿形成天然的绝配,诗就像冒芽的草一样成活,并迅速蔓延开去。小女儿蓝色的裙摆、后山上蔚蓝的虹、心爱的女人胸饰石上蔚蓝的翅膀,以及白鹿、石蛙、佛灯、老树、野苋、鸽子……于是,被感觉的目光覆盖的事物纷至沓来。而"舞动的蓝衬衫"让我想起在呼伦贝尔草原上见过的一次马头琴演奏,微风徐来,乐人的蓝缎袍像起舞的一小块天空。陶醉于超然中,我们有可能从"母鹿的睫毛上"看见一场形而上的大水以及"蔚蓝的鸟正衔着蔚蓝的天空"。(李木马)

阳台上的空花盆

/ 吴少东

清晨,被邻居鸟笼里的清脆唤醒
迷迷糊糊的曦光还未散开

躺在床上,想这四年来的懒散
没有养过一只飞禽一叶花草

偶尔捉住撞击玻璃的麻雀
抚摸一下翅膀后,也随即放飞

阳台上都是没有舍弃的空花盆
那些花花草草,早已枯死

盆中,唯母亲生前培过的土
还在。我时常探望,忧伤时浇水

原载《诗林》2020年第6期

评鉴与感悟

这是一首温暖而痛切的亲情诗,与他的名篇《描碑》《孤篇》可参照阅读。仅从题目"阳台上的空花盆",读者可能想不到诗歌的爆破点在哪里。从鸟鸣、晨曦、懒散、花草、麻雀、空花盆一路读下来,卒章显旨,情感蕴藉。这种叙事,简朴、自然、深沉,又出人意表。细读他的诸多诗篇,我们发现诗人吴少东总能随便抽出一根刺,针灸一下中年的穴位。这首也不例外,中年的懒散、中年的怜悯和宽厚,这是将要老去的标志吗?但这首诗可不是喟叹,而是怀念。空花盆、土、母亲,三者搭建了一条抒情链条。还有一种逻辑,是反思中年,顺带出了母亲,还是怀念母亲,自然驻歇在了中年?在似是而非间,弥漫着忧伤的雾气。这种叙事,简朴自然,构思精巧,堪称高妙。

(黄土层)

雨未停歇

/王宝卿

雨刷器一扫过，水流的断点
便像记忆中的一段空白
正试图连接另外的空白
车流，就从这空白中涌出，如同雨水
缓缓深入一座城市的内部

雨，可以浸湿信笺，或者
其他能让时间变厚的东西
比如，那个墙皮斑驳的旅馆
不会再现电影中的情节
也不会再成为一首经典的前奏

更大的陌生是，雨开始傲慢
不再迎合你倔强的灵感
坠落的每一滴，碎在车玻璃上
就是一个极具引力的黑洞
从瞳孔不断攫取你的意识

十字路口的时间被信号灯叫停
你成为苍白秩序的一部分
加入声音与空气交换的单调中
眼前的雨，此刻，变成全部
全部可以松散的意义

原载王宝卿个人微信公众号2020年8月6日

评鉴与感悟

这是日常生活中一个常见的片段：被雨水所困，车辆与你均成为"城市苍白秩序的一部分"，你被迫"加入声音与空气交换的单调中"，挡风玻璃上的雨水，成为与你最近的事物、你必须观看的事物。在开始的时候，雨水在观看与想象中是有趣味的，"雨刷器一扫过，水流的断点/便像记忆中的一段空白/正试图连接另外的空白/车流，就从这空白中涌出"，它的流淌及其轨迹，让人相信，雨水正在或可以"缓缓深入一座城市的内部……"甚至，有更大的功能："可以浸湿信笺，或者/其他能让时间变厚的东西……"但也在这里，诗人意识到此刻的雨水有它自己的"傲慢"，如同生活本身并没有按我们的诗意想象继续前行，雨水"不再迎合你倔强的灵感/坠落的每一滴，碎在车玻璃上/就是一个极具引力的黑洞/从瞳孔不断攫取你的意识"。诗人将那种当下的焦虑、迷惘，叙述得极为真实。更为真实的是最后，如诗题所言，"雨未停歇"，所有关于雨水的想象都失去了诗意，雨水就成为雨水本身，它是存在之焦虑，它是生命被围困的象征，它是什么，又不是什么，所以它是"全部/全部可以松散的意义"。作者在叙述中捕捉了一个日常生活片段，使貌似无意义的存在场景呈现出自身，这种诗歌言说本身，极有意义。（周笛　荣光启）

花　期

/ 吴小虫

四月里发生的事
先是，池塘里莲叶初成
某天早上，去晾晒衣服
高高的树下，鸣蝉
开始了一生的吟唱
之后又听到布谷
散布好消息的俊美角色
谷子就要从大地长出来

而门前玉兰，朝着阳光的
大朵大朵，先期开放有三
风中摇曳，雨中静垂
无须问其他花何时
同是一棵树上，组成了
静静站立的黄昏

原载《诗刊》2020年12月上半月刊

评鉴与感悟

在《花期》这首诗中，吴小虫把"四月里发生的事"逐一交代清楚了，层次非常清楚，仿佛是一个人经历了出生、成长和成熟的各个不同阶段。莲叶、鸣蝉、布谷、玉兰，这些美好高洁之词透露出一种心之安稳寂静的品性。

从莲叶初成到鸣蝉开始了一生的吟唱，暗含着一种由静态美再到动态美的转换，以及个人降生于世之后开启的人生旅程；从"布谷/散布好消息"再到"而门前玉兰，朝着阳光"，又是一种动态美到静态美的转换。在动静转换之中，是观察视角的转换，也是心灵波动的一个图谱。

直至读到"谷子就要从大地长出来"这句诗，仿佛一张弓已经拉满，你应能感应到一种极强的生命力。一幅由池塘莲叶、鸣蝉和布谷占据主角的画面油然而生，这一切均发生在"某天早上，去晾晒衣服"的所见所闻，能不能说，这莲叶、蝉鸣、布谷是他所晾晒的贴身贴心的另外的"衣服"呢？

"而门前玉兰，朝着阳光的/大朵大朵，先期开放有三"，朝着阳光的既是门前的玉兰，亦是一种个人的积极的人生态度。或许"我"正是这先期开放中的其中一个，或许我不是，但都没有关系，我们要面对的，只是一个属于整体的"静静站立的黄昏"。（纳兰）

新年问候

/ 施施然

室内，我养的兰花
叶片又在摇动
我念观世音菩萨普门品
给栖息在那里的精灵

窗外有人在放鞭炮
硫黄混合着雪的味道
在空中炸响
犹如新年传来第一声钟声

如此心急的快乐
多像1976年的你和我

你抓起我拉开门冲进雪中
我笑，我蹲下
你拖着小小的我
在一大片白茫茫里滑行

我们分开雪直到
大地的白纸上出现一条直线

你教我如何在薄冰上
放稳陀螺
自制的鞭子抽打在
旋转的陀底和冰面之间
有时会响。有时不响

你教我写字，可我
还从来没有给你写过一封信

我已经四十年没有见过你了爸爸
你在墓地
你停留在四十年前的时间里

现在我爱我的孩子
如同你当年爱我

窗外爆竹还在响钟声般地
我们来到2020年了爸爸
雪落下来覆盖着降下来的红色碎纸屑
雪落在雪上

一片，两片
无数片
是你的问候。也是我的。

原载《作家》2020年第5期

评鉴与感悟

作者以绘画的透视笔触从室内的画面至室外的景象，再过渡到小时候的场景，展开一幅幅流动的时空画面，最后又回流到当下。诗思在层层推进中获得了移步换景的镜头感，宛若步步莲花般的生发敞开。从中可见诗人将从父辈那里所感受到的爱吐哺于下一代的拳拳情深。"雪落在雪上"是当前的雪，也是当年的雪；是当前的爱，也是当年的爱；是现实的雪，也是意念的雪。正如郑板桥的《咏雪》诗所营造的浑然场景，这首诗构筑了一个被雪（爱）所笼罩的浓郁氛围。生命的生生不息，亲情的代代衍续，像雪循环降落在新年这个念旧迎新的节点上。而《观世音菩萨普门品》在诗中的出现，则让这份爱的涵蕴更为广博。爱，没有空间阻隔，没有时间局限，当你拥有爱的智慧和慈悲，它就流淌在我们的血液中，在每一瞬息的悲欢起念中，慰藉自我也慰藉他人。（林馥娜）

往 事

/ 刘伟雄

把一个珠子弹在墙壁上
反弹的刹那时光，我看到
一张顽皮的脸贴在玻璃上
那个剪影的破碎
成就了沧桑经历中的霜雨

我们都是一些不规则的物体
沙漏的过程　心慌的一匹
永远走不出沙漠的骆驼

空气也有重量的那份滋味
谁又能嗅出酸臭的代价
从这一个出口进入另一个出口
时间的历程却只翻了两页的书

留下来的白纸墨字　蚂蚁一样
蚕食了我们最后的一笔积累

原载微信公众号"南狐读诗"2020年10月3日

评鉴与感悟

"把一个珠子弹在墙壁上／反弹的刹那时光，我看到／一张顽皮的脸贴在玻璃上／那个剪影的破碎／成就了沧桑经历中的霜雨"。倏忽而至的反弹、时光的错乱、儿时顽皮的模样就这样出现在我们眼前。在透明的玻璃上，那张脸显得破碎，仿佛由无数的霜雨交织而成。这几个鲜活灵动的场景既是个人的又是普遍的，诗人用最简洁的语言以内省的方式，将时间和往事以横向和纵向的形态标注出来，他的内心呈波浪式的涌动，它隐秘而开放，即将为我们呈现独特的、专属于个人的那条思考路径。

"我们都是一些不规则的物体／沙漏的过程　心慌的一匹／永远走不出沙漠的骆驼。"身体也是时间的身体，是时间附着于物质的其中一种形态，它在漫流中变形，恍若沙漏的过程，一点一点流失。这是多么令人心慌的过程，每分每秒的知觉，使这种流失的焦虑更显得异常清晰。读到这里，你和诗人一样都感知到了吗？在一望无际的沙漠中，你、我、我们都带着自己沙漏的身体，像一匹沉默寡言的骆驼向没有边界的远方踽踽前行。

"空气也有重量的那份滋味／谁又能嗅出酸臭的代价／从这一个出口进入另一个出口／时间的历程却只翻了两页的书"。每个人的成长都必须经历种种磨难，有得失的忧患，有成败的荣辱，有美丑与善恶的交集，有今日人至中年的练达通透。"从一个出口进入另一个出口"，貌似错综曲折，但在时间的长轴中却只似两页书的距离。诗人的感叹令人唏嘘不已，但在短短几行诗句中，浓缩的却是道不尽的人间况味。甚至有时会常常怀疑，我们真的曾经拥有过吗？

"留下来的白纸墨字　蚂蚁一样／蚕食了我们最后的一笔积累"。再也没有什么可资挥霍的东西，我们所经历的，所记录的，都将遗漏干净。往事的丰沛宝藏也经不住一点一滴的挖掘，失去往往比得到进行得更彻底。当我们两手空空，也许，那就是生命的真相，从生不带来到死不带去，这才是一个人之所以来到这世上历经千辛万难的最终意义。

此时，阳光再次倾泻于窗台，在玻璃上反射光芒。往事如烟，往事不堪回首，往事在无声无息中陨落它的呼吸。（胡翠南）

早 安

/ 刘汀

微信里，有两个男人
几乎每天清晨
都给我发一张问候图片
起初，我想这可能是
某种礼貌的习惯
时间久了
又不得不当成
无法拒绝的骚扰
不胜其烦
直到今天
我忽然明白了
他们是两个相爱
又没有彼此微信的人
只是在通过我
互致早安

原载微信公众号"原乡诗刊"2020年11月29日

评鉴与感悟

小诗虽小，一波三折。微信问候，礼貌和温情；强迫式的每日骚扰和不胜其烦；"两个相爱/又没有彼此微信的人"通过诗人"互致早安"。扬—抑—扬，似曾相识的小事和日常，出其不意的结尾与跌宕。诗意的"忽然"发生，源自刘汀对人世、孤独和爱的"忽然明白"，他以忽然开悟的温善之心，向生活强加于他的不适和厌烦拈花微笑，致以"早安"。他分担了世界的孤独，宽容了相爱的他者，也对自我精神世界的柔软度进行了一次无声而有效的调适。一天之始，最美在晨，希望每一天都有人被谅解，被祝福。刘汀的《早安》，让人破涕为笑之后那种鼻头酸酸的感动，提醒我们再次相信写诗是"最清白无邪的事业"，诗人最大的才华是善良。（徐俊国）

她不在

/潘利文

挂钟带来乡音和节奏
她不再找我去辨认钟点
还乡之夜停下来,向日子坠落,
煤油灯是心孤独的岛屿
照亮她进入词的"夭亡"
去了,去了。昨天模糊了,
像那些错误的决定。
相遇只是个点而离别应该是条直线
想时间太坏而距离太远,
柏油路扁平着,把幸福卷进
时光的滚筒
那里有水语和活着的意义,
我们在节日里敲铜鼓,敲木鼓,
我们唱啊,那数不尽的
我抱疾多年,在歧路悲伤

原载《草堂》2020年第6期

评鉴与感悟

这是一首怀念之诗。她不在,心就变成一座孤岛,而你们熟悉的煤油灯是爱情旅途上唯一的航标。因为少了一个人,哪怕锣鼓喧天,内心依然是孤独和悲伤的节奏。(老木)

果实就是果实

/ 海湄

我这样叙述
有点红,有点黄,有点青绿
但都是爽口的、甜酸的,苹果的、草莓的
味道

消灭了干旱
对,消灭了挑水的肩膀
一条水路攀缘而上,又俯身而下
它在石榴、麦黄杏、大白桃、紫红的桑葚身边
流过南山

从果实回到果实
每一棵树都深谙其中
每一棵树都在演绎成熟后的轮回
大地依旧肥沃,它不断地养育着整个世界
也不断养育着她自己

原载《诗潮》2020年第8期

评鉴与感悟

直陈→插叙→归纳,《果实就是果实》之语路,依循常规。如此写,周正理性,契合"正统";而且"每一棵""大地""世界",三者俨然搭建起一个"宏大叙事"的底盘基座。

其实,这么写也挺令人忌惮的:当归纳成为词语矢量和草木律动的终点,岂不太过单一且乏味?除非,"轮回"出场,"不断养育"反而构成了丰饶的诗意。

海湄的短句,与其说是断语截词,倒不如说是模仿。语言摹写事物,事物拟仿运动;运动源自细胞,细胞谐振神经。词语照亮"此在",也形成了诗歌写作才有的量子纠缠现象。

色彩附着于味道,味道捕捉并还原着物象。物象织造了记忆本体和肌理皱褶,味道与色彩一并充盈,编缀并谱写了记忆和乡愁的实质内容。不是语言模仿了花果之根本,而是语词重构了现实的另一维度——记忆。当记忆成为"此在",人、物、感知经验等等,从此不再是孤立飘零、迟钝疲惫的感官碎片和先验语言,而成了浸溶自洽的共同存在。因此,记忆是"它"的,也是"她性"的。

海湄在看似绝对性判断中实现了诗意传达上的波粒二象性。如此富于弹性张力,盖缘于其"叙述"无意于追求动词化的戏剧性情节,而仅仅通过静态化的名词象形,即已践行了神经生物学意义上的深描美学。(肖涛)

蚂蚁梦

/余修霞

卖掉的老房子还属于我
屋檐水,用泥沟引进小溪
蚂蚁们挤在鸿沟那头
我架起一根细树枝长桥
等它们过完桥,再划几条线
弄晕对方,改变蚁生轨迹
玩着玩着,我就变成了蚂蚁
蚂蚁变成桥,变成线
我发现我的梦一旦做到这里
不再挣扎,轻车熟路地把自己唤醒

原载《诗潮》2020年第7期

评鉴与感悟

弗洛伊德认为,梦是潜意识欲望和儿时欲望伪装的满足。余修霞的这首关于梦的诗,恰好对此进行呼应。只不过,此梦的背景是业已失去的故园,此梦的状态是持续的重复或曰轮回,从而营造了迷宫式的诗境之美。她通过描述儿时天真地玩弄屋檐水、俨然救世主般地引蚂蚁渡河、恶作剧般地左右蚂蚁的运动轨迹,巧妙地折射出人生的迷茫、命运的被动。更妙的是在结尾,一句"轻车熟路地把自己唤醒",将大千世界中一个小人物在命运中的挣扎、自省乃至妥协,悄无声息地和盘托出,彰显出文本的维度和深度。人生在世,挣扎并不可怕,可怕的是这种挣扎的不断重复,以及随之而来的一再屈服。从某种意义上来说,诗人的使命,就是制造秘密,但又不轻易解码,让人体味诗歌语言背后的终极魅力。余修霞正是以如此理念,向读者半隐半露着她的秘制妙方。(马萧萧)

轨　迹

/ 熊焱

我的母亲怀着我的时候，差点去了医院引产
我幸运地来到人间，就像一滴水珠汇入大河
从此跟随浪花奔腾。整个少年时期
我历经病痛的折磨，多次命悬一线
当我反复丈量生死的界限，我确信人世的远方
不是死亡，而是肉体到灵魂的距离

十八岁时我开始写诗，仅仅是灵光乍现的偶然
后来却成为我永恒的命运。我将为此耗尽一生
我确信诗人的声名不是来自认同与赞美
而是从这世界获得的孤独，比岁月还深

自我离乡后，夜空中的明月总让我想起父母
我确信这不是乡愁，而是血液在奔向它的源头

在我而立之年，白发探出双鬓
人生的积雪正在慢慢加深，直到高过头顶

这让我有着心慌意乱的羞愧
我上有年过古稀的高堂，下有嗷嗷待哺的幼儿
我在中间穿行，却是一手霜迹，一手灰烬
我确信我对凡尘的热爱，不是我的牵挂太深
而是这人世是一个巨大的长梦，我还未从中苏醒

如今我四十岁了，每天都在照镜子
我确信照见的不是我的脸，而是流逝的时间

而日落之后，长夜终将来临
这之前，我还要穿过贝壳孕育珍珠的苦心
穿过青草蓬勃的大地，到处都是生生不息的人民
我将听见一群孩童清亮的歌声，唱出满天星辰
我确信沉默的泥土在最终安放我的疲倦
不是生命走远，而是我出生时就在母亲的臂弯
最后辗转了一生，又回到母亲的怀里

原载《钟山》2020年第4期

评鉴与感悟

诗人善于抒写真实的生活与沉淀在生命深处的诗意。他不是在写诗，而是进行隽永的叙述，娓娓道来，把生命最深处的疼痛通过诗性的叙述弥漫开来。叙述和抒情做到了完美的结合，看似平淡，却又深入骨髓，以一首短诗写出了漫长的精神历程和生命史诗。（姜超）

佛前灯

/谢宜兴

你的坚忍叫我心疼。一盏灯
移位佛前,没有了重帷之隐
却自此深渊如临
不敢幻想某日灯花百结
更怕焰舞迎风,一时恣意忘形
不再担心油残灯尽,但亮光
要拧得恰如其分,照见佛面
也照见佛堂上俯伏的心

像殿上之佛端坐着,慈颜高古
只可形如止水,哪怕经幡翻飞
必须貌似木鱼,即使心若钟磬
还不忘时刻自醒,你
面对的顶礼膜拜是因为
佛在身后
那份焚香的虔诚与屈膝的恭奉
不会是对一盏油灯的礼敬

命相师掐算八字说道佛前灯命
你想，该如何对自己说我不信

原载《星星·诗歌原创》2020年第8期

评鉴与感悟

诗人以全知的视角和笔墨，描摹了一个小心翼翼、诚惶诚恐的佛前灯形象。一盏油灯，光焰荧荧如豆，因其燃亮于佛前，也享受着善男信女的顶礼膜拜。其实，各行各业，各色人等，各种物事，哪一个不是佛前灯？只是背后的佛不同而已：对于官员，佛是权力；对于商贾，佛是金钱；对于匠人，佛是工艺……林林总总，莫不如是。即便是没有人类情感的各事各物，亦逃不过佛前灯命。"佛前灯"现象其实就是一种皮与毛的关系。一盏油灯，如果没有了佛，即使燃尽五湖四海的灯油，也绝对换不来信众的虔诚膜拜。可悲的是，某些灯盏移位佛前，便忘记了甚至无视佛在身后，米粒之珠却大放光华，终至幻灭。其实，诗人刻画的佛前灯形象，对于普罗大众而言，何尝不是一种引导，或告诫？（肖伦添）

大 雪

/清明

得雪盲症初期
雪的颜色是青蓝色

哈桑整日挖雪
给饥饿的羊群挖出一块空地
露出地表的荒草
可怜的荒草刚要直腰喘口气
就被无数张羊嘴捋个净光

只有黑夜
是哈桑的墨镜
星星如一枚枚银针
在哈桑眼睛里扎过来扎过去

哈桑实在找不出
赞美雪的方式

原载《诗歌周刊》2020年中国好诗榜"流派网分榜"10月榜

评鉴与感悟

清明，擅写短诗，且精品频出，《大雪》便是其中之一。这是一首看似没有完成的诗，却最大程度地完成了诗意的扩张。对草原生活的书写，语言老到，简洁平实且寓意深刻。短短十三行，既把人物形象刻画得生动鲜活，同时又将人物所承载的现代性及其精神困境呈现出来。诺奖诗人帕斯指出："写诗就像是把由相互对抗的势力拧成的一个'结'摆在我们面前。"哈桑与雪的对峙，更好地说明了"人"与"物"之间迸发出的拒斥感与矛盾感，让那些相互对抗的势力拧在一起，而且越拧越紧。"在哈桑的眼睛里扎过来扎过去"盘活了整首诗，并将诗人的思考不知不觉地变成了不可控制的东西，而这种东西正在以"诗"之外的方式蔓延开来。从结尾处"哈桑实在找不出\赞美雪的方式"，可以看出清明是一个深思熟虑的诗人，他借哈桑与雪来隐喻自己所面临的现实困境，不是哈桑找不出赞美雪的方式，而是自己无法从现实中获得灵魂的映照。（敬笃）

明月高悬

/ 徐晓

我的过去是一小片海浪,浮在
空寂无人的海面上
明月就挂在天上。它一天天地高悬着
也一天天地静默着
明月啊,它从不为我翻涌的潮汐
投下赞美的词汇
也不为我赤裸在刀锋上的深情
洒下动容的眼泪
为此我是多么惶惑,不得不咽下
这疲软的渴念
像熄灭一座火山
明月啊,它只在夜色中寂寂地照着
照向你我
照向这大地
并不急于互相远离,也不急于纪念
这独一无二的瞬息
明月它从未把我记住

一如你将寂寞的双手,伸进我空荡的酒坛
这一切是多么徒劳
永不止息的明亮,不合时宜地
漫过我,在空寂无人的海面上

原载《诗歌月刊》2020年第4期

评鉴与感悟

我想我是会记住徐晓的,就像记住这首《明月高悬》一样。抒情诗难写,难就难在是情绪把控着文本,还是文本驾驭住了情绪,显然这首诗属于后者。诗人眼中的明月,仿佛是救世主,对"我"个人价值的呈现拥有直接的至高话语权。我的"赤裸在刀锋上的深情""疲软的渴念""空荡的酒坛"与"一天天地静默着""寂寂地照着""不急于互相远离""寂寞的双手"形成强烈而独特的意象反差冲击效果,那种个体生命经验中的无助、惶惑和孤独感喷涌而出,诗人与其说是在抒情,倒不如说是用自己的生命感悟在与这个世界的荒芜进行对峙和抗争。通常会流于浅白或泛滥的抒情,在徐晓笔下变得充满智辩和哲思,她并不是在简单书写个人的情感自白,而是打破了这种局限性,让"高悬"成为某种指引和精神坐标。从这点来看,这首诗带有很深的"元诗"特征,诗人在进行着自我世界与外在时空的双向联结,用近似宗教祈问式的语调,对"被抛"的命运个体开启了哲学层面的诗歌书写。徐晓之诗,写出了人所面临的共同困境,看似落笔在小情绪,实则通向了一种朴素的永恒。(飞白)

我的命运像一块砖头

/孙方杰

我凝视着一块砖头，恍惚间
我消失了自己
像一觉醒来时那样不知所措
我不知道自己是生在人间
还是已经超然世外，或者
已经不存在了
我觉得自己成了被制砖机挤压的泥土
我是被塑造的，我的现在
是被熟识的人和阅读过的书籍
塑造成的形状。经过了和浆
灌模，烧结，然后按照一定的形状
——在生活。很多的事情是无法改变的
在固有的模式里
我没法要求命运的改变
有时候，我不知道自己在哪里
是在一堵墙的里边，还是外面
我被其他的同伴压着，也压着其他的同伴

我知道自己无法主宰自己

我的身体是泥土做的，最终还会还原成粉末

命运的结局，全凭搬动我的那个泥瓦匠

那是一只上帝的手

那只手温暖

我就被安置在朝向阳光的一面

那只手残忍

我就会被包裹在巨大的建筑里面

原载《诗选刊》2020年第2期

评鉴与感悟

孙方杰写过很多关于命运、关于对生命流程反观的诗歌。这首《我的命运像一块砖头》具有他写作命运诗歌的特质——关注个体存在的体验和孤独。

一块"经过了和浆/灌模，烧结，然后按照一定的形状"的砖头，提供了认识生活的角度。诗歌的布局意向多变，在"固有的模式里"对前半生反省和叹惋，"砖头"的历练和诗人经历过的历练，如出一辙。想象即便不高远，不超脱，却在字里行间充满着对精神自由的向往和追求。

诗人在诗歌《中年》中写到他的妥协："一切都需要继续，一切都需要隐忍/一切都需要一颗承载的心/接受未知的命运"。是的，在一块砖头身上，"很多的事情是无法改变的"。

结尾的"结局"，一如他在很多诗中的那种凝聚诗意、达到出其不意的效果。日常性主体的"我"妥协于命运那只"手"的喻指，无论是温暖的"阳光"还是残忍的"包裹"，诗人其实以平静的"一块砖头""被塑造过""被挤压过"的不忧不惧心态抵抗了命运的磨难。（张立）

窗 外

/徐南鹏

办公室窗外,是一片
低矮的杂院。一两棵杂树
高过屋顶,像对生活的愿望
去年冬天,下过几场雪
白雪落下,栖在小片的斜屋面上
和落在西单大街,落在国贸
高楼上,味道有些不同。
我说不清楚:对比更加强烈?
穷人同等得到大雪的眷顾?
我想知道,谁住在里面?
他们怎样处理生活的杂乱?
我想躺在其中一间小屋的床上
一整天,望着小窗的光线变亮
又转暗。那里成长的少年
也曾经被爱情的鹰爪攫住
透不过气来?那几棵
把身子扭来扭去的杂树
春天也会冒芽、开花

秋风会再次摇响满树黄叶。
我看不见屋顶下的人们
但更高处的天空，一定是看见了
因此，在岁月的流水中
杂院安静。
也赠予我安宁。

原载诗刊社微信公众号2020年8月31日

评鉴与感悟

诗人对窗外的世界可能有一种特别的敏感，能从惯常所见的生活情境中找到新的情感沸点。诗人部署在一首诗中的情感沸点，如果与其内心的真实情感具有同构性，诗就有感人的力量；若无同构性，则徒有虚饰的形式感。一首诗的情感表达也有其特殊的抵达方式，或直抒胸臆，或幽微含蓄，往往都与诗人自己的情感需求联系在一起。徐南鹏的《窗外》是一首感人的诗，窗外之"外"实际上是诗人内心的布景，却不是刻意的铺排，而是自然的呈现，诗人的情感表达近乎自语式的倾诉，在朴实中有一种克制的忧伤，似乎也有一种特别的坦荡呼应诗人内心的宁静。

诗中对场景的描绘非常简洁，似乎具有一种摄影般的黑白对照的效果，映照出低矮杂院里人们窘迫的生存状态。诗中有一个居高的观察视角，表明作为观察者的诗人与生活在低矮杂院里的人们在生存状态上显然是不一样的，但诗人却与他们声息相通，并没有表现出丝毫居人之上的优越感。这就是一位诗人源于内心的朴实。另一方面，这个观察视角也内在于此诗的整体结构中，诗中所展开的想象都与此直接相关。此诗的叙述语调显得相当平静，却包含着真挚的情感。诗中的想象也近乎平实的铺叙，贴近生活的真实状态，不无晦暗的色彩，却也隐隐透露出生活的光亮。恰如诗人所说："我看不见屋顶下的人们/但更高处的天空，一定是看见了"。在诗人所见到的窗外的实景中，原来也有另一双眼睛在沉默中俯瞰着。（吴投文）

堆雪人

/ 陈小虾

一切都静下来了，回到生命之初的安宁
只有雪，下着
那么深，那么认真

一个人，在一望无际的白色世界里
堆雪人，一个接一个
堆远走的，堆逝去的，堆狠心的
让他们站成一排
朝着同一个方向
给他们安上眼睛，站在原地
看我的背影，看我的孤独，看我远去，在一场雪里消融
无论如何，我不回头，就像当初他们离去一样

原载《人民文学》2015年第9期

评鉴与感悟

雪人也是我们自己,来自南方的诗人写北方意象,写的还是自己的内心。语言轻松,自如,不拘泥,不滞重。(李东)

不一样了

/ 黄小培

一切都不一样了。
现在思考着的问题、做着的事
和上一刻不一样,
它们吸收着时间的水分,
在慢慢成为另一件事。
低飞的燕子从南方归来,
倾斜的翅膀和飞离时不一样。
同样的书,读进了新的故事里,
同样的爱融入渐渐老去的身体,
同样的心情沾着新鲜的露珠。
这世上只有上一刻是永恒的,
只有万物的流转,一直都是这样,
去年的树结出今年的果实,
往事里的风吹落现在的泪水。
橘子吃不出童年的味道,房屋
散去了过去的气息,
眼泪里尝出了新的滋味。

这个清晨的鸟叫深深浅浅，透过树丛
的光线深深浅浅，
照在不一样的脸上。
一切都不一样了，
大地年年长出相似的草木，
大地年年从泥土里拽出更多。

原载《诗刊》2020年1月上半月刊

评鉴与感悟

在描述"不一样了"的感觉时，并不是在转译某种时间观念，也不是在主观地表达时间流逝的感叹，他只通过我们每个人都遭遇过的事物——像"现在思考着的问题、做着的事""去年的树结出今年的果实"等等来带出"不一样了"的感觉。这感觉既非在说明客观时间的流淌，也非叹逝伤怀的个人情感抒发。读完整首诗，内心可能都会有某种不明晰的触动——我们明明知道任何东西都在变，任何东西都会不一样，但读后仍会感到某种神秘的东西抖擞了一下。（周东东）

多梦的夜晚

/ 胡平

一匹白马在树林里喷鼻,扬蹄
围着一棵粗壮的栗子树转圈
一驾马车从深夜的黑暗中疾驰而过
赶车人左手握缰绳,右手挥舞长鞭
三块指路牌斜插在赭红色的沙丘上
一个指向天堂,一个指向人间,一个指向地狱

其间,我梦见自己和两个死去的人坐在一起交谈
他们捧出自己的心:瞧,里面是透明的
一座古老的空房子,两扇陈旧的
木质大门,我走过去,透过门的缝隙窥望伟大的神龛

我梦见原野上大片大片的绿色似波浪一样起伏
一条肥硕的青虫躲藏在菜叶里睡觉
城市空旷的街道,一群人在马路上闲荡,夜不归宿
我梦见图书馆,本本图书排列有序

从一本发黄的经典里,跑出一位怀抱三弦琴的姑娘

原载《诗刊》2020年8月下半月刊

评鉴与感悟

此诗从纷杂的意象中抽离出方向感,从现代人生活节奏的碎片里以及行为逻辑的无主性里,透析出理想化的东西,以此让现实与理想发生激烈的碰撞,来产生诗歌的震撼力。这首诗已经很好地完成了从诗歌文本到诗意升华的摆渡。(老彦娟)

过　塔

/ 刘川

无事之人
经过佛塔
疏忽大意
忘了拜一拜
就走了过去
他无所事事
摇摇摆摆
走向远方
不知多久
突然想起
应该拜一拜
当他回头看
那塔已经
无比的小
仿佛刚才
他经过的是
一颗芝麻

原载《深圳诗歌》2020年上卷

评鉴与感悟

刘川的诗入手随意，暗中用力，结尾点穴，已形成个人路数。这首诗写得与众不同。大家往往写塔、写名胜景物并从中跳转出来，或明志，或反讽，或吐槽，比如王勃的《滕王阁记》、范仲淹的《岳阳楼记》、韩东的《有关大雁塔》等等。刘川根本就不在乎名胜本身或额外的发挥议论，而是把名胜看成一个客观的物理坐标，经过它，再记起它，它已小如"一颗芝麻"。所有面对名胜的吁叹或愤慨，都是做作，不如还原真实。这是一首努力让故意找事发挥的人（评论员角色）成为"无事之人"（生活者的本色）的一个努力。看似有趣和浑不懔，其实用意颇深。（逍遥子）

点 灯

/陈克锋

元宵夜是母亲拨亮的
天井三盏敬天地
大门口左右各一,供门神照明
牛栏合用一盏吧
拉了一辈子的犁铧和老牛
是对打不散的好伙计
牛鞭挂在墙上,看
胡萝卜的灯盏,稻草的芯
流着黄豆油和父亲的泪
这些旧时光被风吹呀吹
勇敢地晃动,忍着,不灭

弟弟在朋友圈说,今晚乡下无风
各路神仙陆续收灯,适合许愿
点一盏就能许一个,点多少
就能留下多少美好
我在北京的屋门外急忙点了两盏

汪家庄的田野，也亮了起来

那个送灯的身影如此熟悉

近处的没有灭

远处的红火头，还和她在一起

温柔地跳动

如果灯火再亮一些

还没熟睡的土地爷，就能看见

一张菩萨的脸

如果风再轻一些，就能听到

许下的愿多么令人感动

原载微信公众号"神州文学编辑部"2020年9月11日

评鉴与感悟

读者读诗，不是看作者要表达什么，而是希望从中发现什么。独特的发现和读者的生命体验相遇，就会被感动。陈克锋似乎做到了。"牛鞭挂在墙上，看/胡萝卜的灯盏，稻草的芯/流着黄豆油和父亲的泪/这些旧时光被风吹呀吹/勇敢地晃动，忍着，不灭"。这种"生命经验"跃然纸上，不能不让你为之动容。（罗广才）

散　步

/冯晏

一只猫轻如树影，绢纸，空气
从林中小路另一端飘来
轻如一片禅意，一层薄霜
它发现了我，便轻轻躲开，像化了
流向草丛深处
左边，树上的红柿子坠落一枚，碎了
它停下，回头，点上逗号
仿佛夕阳下的一朵云
安全意识里的根
有它躲进去的四只小轻足
脊背露出草丛
像被蚂蚁蓬松过的一团细沙
我吸入了它捉摸不定的磁，或者玄思
它躲进我搜寻与轻有关的词语龙门阵
意象将它捧起
一只喜鹊碰落几片白杨树叶
划伤的蓝更低了

这个午后，巨大的寂静正被晚秋深闻，吸入

原载《作家》2020年第8期

评鉴与感悟

复杂的技术、清晰的诗意、精准的观察和诗意的浓郁，是诗人一贯的风格。这首诗和诗人以往作品略有不同，更加明晰，更加精确，意象抓得准，情绪走得实。（东方）

四野黄昏

/ 安海茵

黄昏的使命是为谁燃烧?
无休止地拓宽边界。
无限追溯永远。

黄昏掩埋好一只接一只的信封,
她不企望更多远人的傅彩传情。

而更多的远人致力于侧卧,听宿雨。
助推星月的缠裹、背离。
那一场燃烧业已冷却
在岩石的横切裂变中止语。

原载《深圳诗歌》2020年下卷

评鉴与感悟

黄昏的使命,也是人类思考的时间的永恒问题,深刻的思考与透彻的认知,是诗歌哲思的深厚基础,九行诗写出了深刻的况味与思索。(李东)

灯楼角

/陈波来

呈楔形深入的
何止越来越逼仄的半岛
风吹,向南,一万里奔赴的脚步
越来越急促,越来越
不可遏止,掠过最南端的陆岸
径直向大海踏拭
在灯楼角,游荡着
无路可走的人,一些散乱的石头
一滴泪,都深藏着楔形的闪亮
那在海里也不得消停的脚步
还在海上走成船,在天上
走成飞云和流星
在椰子树、相思树、仙人掌的叶尖上
一路忧愤却又心旌荡漾
那是何样拦不住的脚步啊
何样的前赴后继
唯见清白之沙,又一次

乘潮汐无辜，把最后的脚印抹去

原载《散文诗世界》2020年第9期

评鉴与感悟

《灯楼角》有着作者素来的不动声色，但多了桀骜不驯的单刀直入，直接以楔形意象把读者带进"中年尽消阻"的逼仄绝境。灯角楼是雷州半岛最南端的启渡岬角，不是不得已，谁愿意"前赴后继"着"不得消停的脚步"，持续这样的海路漂泊?!（许燕影）

父亲的冬天

/ 马雅敦

下午五点半的时光
你面前的，与身后的暮色
浓起来
这些陌生的黑，从你身旁跌落
越来越大，越来越冷

你抱着一枚十字架，楔在冬的风口
像风雪中的夜归人
随时都会飘成一朵白莲花

你起身裹一裹刚寄来的棉衣
把碎银放在怀里，走在风雪中
那边新开一家酒馆，里面温暖如春
有乡村的炊烟和暮色

评鉴与感悟

作者对父亲的怀念支撑起作品的站立。午后、暮色、风雪、碎银、酒馆、棉衣等意向在短小的篇幅里纠缠在一起,碰撞着诗人的内心。没有声嘶力竭的祭奠,只有心灵上的悲伤淡淡地、缓缓地从文字间渗出,使诗歌的底色在虚无、悲伤和寂寞中"越来越冷"。可贵的是作者在大家熟悉的对象中获得了新鲜而陌生的体验,并书写出来,有心理现场虚无的美。(沧海一粟)

在别院

/涂拥

生日相聚在别院
酒瓶变成了一个个空房间
我们坐进去,看桂花落下来
再把燃烧的蜡烛
吹灭,像吹掉
人世的一年又一年
假如就此作别
明年生日还定别院
我们重逢会不会像重生
一些花香在别处
一些人再也不见

原载《中国诗人》2020年第2期

评鉴与感悟

在西方人的文理中,"生活在别处"是一个神秘、诡谲而又充满挑动的极境。而东方人的"别处",更多的是一种安顿、怡情、遁世的牵引。涂拥的《在别院》仿佛糅合了这两者之间的"共时性",为我们打开了通往"别处"的一道门:"酒瓶变成了一个个空房间/我们坐进去,看桂花落下来/再把燃烧的蜡烛/吹灭,像吹掉/人世的一年又一年"。到酒瓶里"住"下来,乍一看,像是一场醉生梦死。其实不然,这酒瓶的空间一旦不是摆设,而是"生命场"的集散地,那么,万事万物、世间百态、人间冷暖也就可能在这"别院"里重逢或重生,这便是涂拥在东西方文化的"调和"中,为我们点拨了"生活在别处"的式样:别院(酒瓶)无"别",生死有"别"!(卢辉)

崇武听海

/浪行天下

在崇武海，搬运着波浪的人
一定，身披着森严铠甲
万道鳞光，闪烁着刀枪剑戟的响动
从海面上，不时传来
演兵时一阵阵的呐喊声涛

那些城垛，定是模仿了
戚家军的站姿，严肃齐整
不发一言。倘不是旁边的
古榕树，不时发出哗啦啦的掌声
我定以为，时光凝伫成一滴——
是六百多年前，海面初升的那轮
也是六百多年后，古城墙隙中
开出的，那朵不知名的小花

只有在夜晚，借助月亮的望远镜
可以撩开岁月的风云

看得见那个一脸肃穆的人,深情地
凝望着崇武海。当天边的晨星
倭寇般悄然无声地隐遁时
我听见无数的马蹄
踏着波浪,朝着晨曦的方向远远追去

原载《中国诗人》2020年第4期

评鉴与感悟

海气三秋浮骏马,涛声万古演雄兵。诗中借助戚继光在崇武抗倭的典故,涵纳了诗人的奇思和妙想。"城垛"是阵容齐整的戚家军,"晨星"是"隐遁"的倭寇,既有历史的回光返照,也有对人性的探询,更有个体生命的种种幽微之处。(叶逢平)

我们降临并用身体活了下来

/谢虹

总会习惯。收集种子、浆果、庸常
用身体里的光覆盖金花鼠一样的孩子们
在每一丛灌木后面都会发现一个敌人

黄昏像一头逆光的母鹿
倒退的大地和松林，沙滩上画过的城堡
为爱流下的泪水和收获的赞美
这日子眉梢挑动这日子尘土飞扬
偶尔驻足，时间有高过流云的酱黄
风一吹，一小片一小片的纸屑
细碎而苍白

草场容纳了魂魄，天空多么高又多么狭窄
我们降临并用身体活了下来

原载《荷花淀》2020年第2期

评鉴与感悟

谢虹的诗歌总是有一种独特的雅致姿势，又能渲染到分寸不差，对诗之意的表现很有耐心和信心，气息流畅，不隔不滞，字里行间满是书卷之香，但又不乏烟火之气。她的诗，可静可动，变数极大。安静时如中天小月，行动处若疾风劲草，无疑，这也在很大程度上增强了诗歌的可读性。在她的诗里，更多的是顺从和随遇而安。这并不是妥协，一个人只有真正爱上自己，才会有"万物有灵，且美"的慨叹，才会与大自然心照不宣。阅历加经验托底，气息加韵味助长了阅读想象的枝蔓，从而使诗本体充满元气。（禾秀）

对　峙

/ 刘笑伟

抬起头来，我看到了一匹蒙古马
穿过黎明扬起的马鞭
在草原上敲击疾风，四蹄踩着闪电
成为呼风唤雨的可汗

它凝视着我。眼睛里的蒙古草原
唤醒了一大片飞驰的武士
骏马奔腾，让诗中的动词
在马背上跳跃，剑光席卷历史

对峙，心也有眼睛。我看见
自己背上长起驼峰，储存了
一个小小湖泊的水
隐藏着徒步穿越沙漠的梦想

抬起头来，与蒙古马对峙
渐渐看到了自己，奔波，隐忍

无惧死生，通体刺出光芒的利剑
成为时光草尖上的神

原载《诗刊》2020年6月上半月刊

评鉴与感悟

虽是咏马之作，那沉雄的精致和生命的强悍，以及想象力的强度与天籁式的奔腾的节奏，其精神质地依然是军旅一脉，那种诗意的回环迭唱有马蹄铁的质实和大地的气息，有一种炉火锻打出的剑气之铿鸣。可见，与战斗精神相承应的诗歌精神是已深入其骨髓的，虬植进了灵魂。（杜志民）

向　海

/秀枝

她有着与我一样的苍茫，淡泊，平静，湿润
她有着我所抵达不了的无际，辽阔，幽深，遥远
她有着与我一样的秘密，忧郁
夕阳西下，野鸭子像是都回家了
芦苇荡只剩下一声鹤唳
黑天鹅游荡于水上的影子愈加孤单
密密的草丛里，蛰伏着秋天的气味
静静的，深沉的，不可逾越的
一眨眼，芦花已高举过头顶，迎风飘舞
一场盛大的时光之礼啊……
在向海，一颗向远的心
停住，微叹，臣服，轻轻颤栗

原载《长白诗世界》2020年第8期

评鉴与感悟

读秀枝的这首诗,需要我们屏住呼吸,并把安静下来的血液的脉动放在湖面上。人融入万物之中,意境便无须营造,意境与诗意就在人与自然彼此专注的对视与热爱中。(葛筱强)

月　光

/ 鲍伟亮

过了落雪的季节，月光更倾向
院落。出租屋如同一只饿兽
黑暗，陷入沉睡的固状物，等待
一盏灯唤醒。寂静
潜行，伺机切进肌肉的暗伤
月光和雪色继承镜面反射内核
（破烂的瓷器——也曾光滑完好）
显露出白色火焰汲取养分的骨架
命运必然陌生于焊接术，不规则
的波痕罗列成交叉的污水槽
鲜亮色泽撑大瞳孔，狂躁地撕扯
拥堵的车笛声。叶落的呓语
升腾着稚嫩的憧憬，不断封住
螺丝生锈的咬合肌，话语
渐迷失在冲撞之中。如旧。

原载《诗歌月刊》2020年第5期

评鉴与感悟

幽寂、虚幻、狂乱是作品给人的整体观感。诗人聚焦在"月光"之下的内心世界的一种隐秘现实的呈现。个性化的语言姿态、独特的视角把握都投射出诗人在复杂的生存现实中心灵的创伤,以及在精神内部斗争的自我审视。(郭子畅)

家乡的水已经流走

/徐海龙

路面蜿蜒，绕过小丘
高大的银杏过往百年
青翠的樟树如此年轻
疤一样的眼神
俯视着一树槭枫

我不知我为何要停留于此
判断它们不同的纲目
还是猜测小丘下深藏的秘密？

汽车呼啸而过
几枚金黄色的银杏叶，簌簌掉落
冲出茂密樟叶的鸟鸣
也改变不了什么
余音，让我的焦虑无处存放
小丘静美，突破自我
广袤中伸展出自身的无限性

家乡的水已经流走

没有人知道,眼前的小丘

是一个中年男人全部的故园

原载《草原》2020年第7期

评鉴与感悟

点以家乡之水的流走,暗示故园的不复存在,字里行间,既有一个中年男人的记忆、悲欢,也暗藏着现代工业文明对个体情感的侵蚀,以及内心深处对生态文明的点点伤感。简洁的叙述,冷峻的抒情,显然是这首诗的成功之处。(叶梓)

用光的声音歌唱大海

/ 邵悦

我养大成人的孩子,不计其数
"子不嫌母丑"。他们从不嫌弃
我咸涩的乳汁,多灾多难的身体
从没停止过报答我的养育之恩——
他们守护我,热爱我,敬仰我
陪我同舟共济,根治伤痛,装扮我的美丽
我为有这样的儿女,骄傲荣光

他们遗传了我的胸怀、心智
和柔中寓刚、以柔克刚的性格
他们在我坚定的梦想上
造航母、巡洋舰、跨海大桥
用高新科技,用大国重器
强我筋骨,筑我魂魄
用天蓝,云彩,山青水绿
装扮我永不衰老的容颜

他们在我汹涌辽阔的胸前

披锦带绣，开疆拓土

盐、茶、丝绸、陶瓷和风俗

像一朵一朵锦上之花

航运每一寸海水、每一寸深情

都是我脚下的丝路，贯通东西

贯通亚非欧，直到太阳升起的地方

海上时常风暴乍起，席卷乌云

我军绿的、海蓝的、迷彩的、洁白的

城市的、乡村的亿万万子孙

围绕我的疆土，站成民族之林

他们用光的声音歌唱大海

原载《诗刊》2020年2月上半月刊

评鉴与感悟

把纯美诗意与当下火热的现实生活有机融合一起，诗意温暖明亮，不游离美学，执着而坚韧，开放而阔达。语言舒展、明朗、开阔，自信、尊严、热爱之情跃然纸上。表达更有时代性、使命感，用一己之力抒写精神的强音。（宋晓杰）

枝上雪

/ 燕南飞

几声鸟语在枝头犹豫不决
它怕，把一场雪喊得惶恐慌乱
喊疼。
北风的小手战战兢兢，轻轻拂过一棵棵老树
那是一场雪悬在枝头的招牌
每一根，都在垂钓这片江山

我原谅你一错再错。那么傻。
那么白。
——都是祖宗的遗物哦
每一笔都吱吱呀呀，研碎一阕通透词曲
每一笔都是壮士解甲，星月千里
重回小篆里去卧薪尝胆

爱一场雪肆无忌惮
爱一件婚纱装点人间。爱枝头
北国的一颗冰心慢慢融化。

我担心一根树枝就是科尔沁的一根肋骨
被一曲阳关三叠弹响
被一首古风压弯脊梁

快去荒野中垂钓寒意吧
我有一柱孤烟的孤独，七匹野狼的故事
还有九副犁杖的疆土
等你弹奏整个江山，让它完美落幕。
我有千里相思一日还
万箭蓄势，只待百步穿杨，其实穿透的是
茫茫四野君不见

枝上有雪
抱紧科尔沁的傲骨。
不再担心春眠何处，三五村落
走漏了谁家劈柴声。
且顺着手指方向：那里有踏雪回家的汉子
正迎风流泪

原载《星火》2020年第5期

评鉴与感悟

燕南飞的诗，最大的特点是收放自如。意象选择上，枝与雪双象并进，互为表里；使用"大节奏"，让段与段虚实相接；词语被演奏，淋漓尽致，思接千载，有豪放词的气派。无论那枝条能否垂钓江山，或者澡雪而生傲骨，最后一声喟叹，绕梁三日。人世杂陈啊……（原散羊）

跪　拜

/冬箫

可以遇见，从山顶到滩涂
所有对着天跪拜的人
三三两两或者密密麻麻
有时是雪莲，有时也是沙砾

从侧面看过去
那些高高低低的人
都是小草
所有的头都随风摆动

原载《延河》2020年7月下半月刊

评鉴与感悟

大千世界只有生命是"本在"的。这首诗以"跪着"作为生存样态的直击点，从低处通向高处，而不是沦入依稀与微茫。他将市井的"底端"放在人性复杂的心理信息脉冲中去"摆动"，且笔触一直在抑制中，有意钝化直击的锋芒。（卢辉）

村 庄

/ 一度

没有什么被值得反复歌颂
被反复消磨

落日如洗。照亮
母亲最后一块自留地

新米在桥头蒙上灰色
昏聩的古树下,孩子
听到身体里的芦苇,渐渐拔高

原载《江南诗》2020年第1期

评鉴与感悟

总有一个声音在生命中反复吟唱,比如乡愁。诗人一度用近乎苛求的匠心选择文字,用娴熟的诗歌技巧在纸上亲吻了家乡的落日、母亲、桥头和童年,精准地唤醒心底长久的眷念和无限的诗歌意味。(李进)

泪

/ 林澜

倾斜的高楼缘于遐想,你的泪水
不间断,流入晴朗的夜,构成你头顶
万分之一的山河——掩盖无数裂痕
你低着头,双手托腮拄在栏杆上
眼前的色彩忏悔着,枯萎,零落于
你背对的鲜红。从漫长的曲折中
穿过谷底。无人习惯于抛头露面
你的困惑,高贵,祈求在无尽的损失中
感受到目光聚拢的力量
月光顺着路灯闪过叹息,短促的
倒映在你脸上

原载《诗潮》2020年第5期

评鉴与感悟

该诗以非第一人称侧写的视角构建出了一个看似渺小却又十分广阔的世界。以高楼山河色彩夜为始，凝结岁月，终化叹息，将心灵的悲伤剥离，赋予泪全新的意义。语言精练，文字富有张力。（王逸凡）

古街声落

/耳口

夜半，雨打进梦里；
涉足塘湾，钟声在嘈杂的漩涡里
不及躲藏，化成春雨的一种
敲打在青石板的凹槽里
滴答。古街像一条静止的地上河流
分娩出两排壁立的门市
横亘的山村于是也成了水寨
时间会凋敝野蔷薇
姚河和青山偶尔也会举目相视
有时看两条狗在雨中赏花
比自己挽着姑娘的手还浪漫
它们洒脱有山野的狂放
含蓄如士子般风流
而音节，其实早已落在我们肩上
从车刚驶进古镇开始
匆匆即是归宿

原载《诗刊》2020年8月下半月刊

评鉴与感悟

下雨的古镇,不止琴声响起才有诗意。哪怕没有人打伞路过,一个人看雨,享受寂静,未必不是在享受美学。诗文从"夜半,雨打进梦里"开始倒叙,回忆着白天在古街的感受,临了,"匆匆即是归宿",既是一种感悟,也是一种哀叹。(龚健康)

黄叶子

/田人

我金黄色的头发在熄灭
我年轻的妻子
这世上，岔路尤其多
你要像美国的那个乡村诗人一样，选择人少行走的那一条
找得到回家的路

柳枝在河面上跳舞，这夕照中的舞蹈
我知，世界五色斑斓，我将死在人少行走的那一条路上
我年轻的妻子

你将看见我折断的翅膀
我虽然往后看不到你化蛹成蝶的样子
但是我多么希望啊

我将把天空涂上任性和傲慢的颜色
涂上马车的翅膀，和杯子中神性的雷霆
万物在我的熄灭中发芽

我年轻的妻子
你的前额将在我的睡梦里盛开

很多人在说,生活已经很旧了,有很多瑕疵
像我的身体一样,像我对生活的那不可逆转的描述
看吧,大地已经黑夜
我不是这世上的客人,"也不是使者"

原载《鸭绿江》2020年第5期

评鉴与感悟

这首诗写爱情,写时光,从惯常的事物入手,却写出新意。隐忍,克制,化典也含而不露。舒展,自如,读后如同沐浴着乡间的晚风,嗅到了夕照中河边柳枝的气息,听到了蛙鸣。有几分谈谈的忧伤,却是可以承受的。(宋晓杰)

母 亲

/ 赵雪松

院子里,母亲在缝制自己的寿衣
一针一线,死亡顿时变得平常
像母亲不太好的针线活
我想同她说说话
但又觉得说什么都不合适
她缝得很认真
歪歪斜斜的针脚
让我觉得她比平日里可亲许多
此刻,那最终要到来的
她没有回避
而是告诉我该怎样迎接
这减缓了我内心的痛楚
是啊,死是那根线
终要穿过每一孔针眼
而当她不知该怎样缝下去时
就仰头看看天
仿佛她早已故去的母亲就在那里

而她扎着两条小短辫，仰着脸
接受着隔世的训导

原载《诗刊》2020年6月下半月刊

评鉴与感悟

此作品所写主题不可谓不大，关乎生死，但作者通过细节展开，举重若轻，抓住母亲的心态、动作和她对作者的回应，抒写了一位老人对生死的理解：她以自己的方式联通生死，淡然对待死亡，内心流露出的那份纯净，让人产生敬意，也使诗篇产生出别样的魅力。（蒋登科）

烟酒嗓

/ 白象小鱼

"悲伤,被酒泡过,被酒熏过,容易喷薄而出"
一条嗓子是深藏着的河流
沿岸的码头,停泊着不同的话语

由沉默各自拴着
"伤心的那一部分,是烟酒在过度发酵"
音乐响起的时候
倾囊而出的腐蚀音,令人迷醉,令人心乱
姐姐,我的悲伤不想感染伤感的人们
只想感动你
我至今等在小镇,不肯迷途知返

原载《诗刊》2020年3月下半月刊

评鉴与感悟

文本在俗事俗物中拨开新亮点。语言新颖,情节细微独特,抒情浓郁沉挚。(小雪人)

小欢喜

/ 徐玉娟

有人在钓鱼。我坐在对岸静静地看着他
将一条又一条小鱼
收上来，放进身旁的红色塑料桶里。
有时候，鱼儿活蹦乱跳的声音
隐隐在我的心里响起，我羡慕钓鱼人
有足够的耐心
把自己坐成另一只蓝色的塑料桶。有风吹来
小桃树、小槐树的枝叶
正在岸上摇曳生姿。不知道是风的缘故
还是鱼儿的原因，河面上生出了不少的涟漪
但我内心的欢喜并非来自这些。
当天色将晚，钓鱼的人在对岸
收起鱼竿，我看见他
弯身将桶里的鱼儿一条一条放回河里
我似乎听见小鱼活蹦乱跳的声音
从我的心里回到水中，小小的涟漪
仿佛我的小欢喜

被夕光镀上了一圈一圈闪闪的金边

原载《诗刊》2020年6月下半月刊

评鉴与感悟

饶有情趣的小诗!垂钓者,观钓者,隔岸构筑出宁静的场域。诗人选取了钓鱼这样平常的事情,巧妙地赞美了钓鱼人。钓起小鱼儿获得了一次快乐,将鱼放回是又一次的快乐。佛性的悲悯在其间缓缓上升,语言干净、自然。(慕白)

老木匠

/ 安乔子

木材整齐地叠放在屋里
听候一个木匠发出的指令
该是什么他心里有数
给一个木材钻孔
发出的是他的尖叫
恍惚被洞穿的是他自己
这加深了人到老年的恐惧
难得糊涂,但每一道工序都要清楚
用旧的手,依然能刨出朵朵浪花
留下来的部分是它们的余生
另一些是送到火葬场
一些木屑从他身上飘下来
但味道已经开始腐烂
一些木屑停在头上的白雪
但他抖不落了
对一根木材进行质问、追溯
每一根都有它的模样

质地光滑、细腻和精准
做好的木材在另一边，等他为它们披上
一件最后的嫁衣
现在，一些事情有了定局
推开门那瞬间，等了三十年的人来了
和他较劲了三十年的人来了
他已经老了，双手递上一根烟
并替他点燃了
"为我做一口棺材吧"

原载《诗刊》2020年3月下半月刊

评鉴与感悟

朴素到习以为常的语言发挥出触碰心房的力量，行将就木的老人，终究是抵不住苍老与衰亡，过往种种恩怨皆在一根烟的投递中烟消云散了，既为释怀，又显心酸。凡尘俗世的种种仿佛皆不过一句岁月不饶人的注脚。（王崟）

重阳记

/ 西雅

那些树,和手里的词语
一起沐风淬雪一起
等待一种死亡之后依然挺立
的姿态。让岁月缓步蔓延

与虚弱的平原阳光
在时空里平行
几朵假菊花制造的温柔之意
也如此重阳。虽然不再有山可上

有海可望,青春是生命中的
半场幻觉半部传奇
拍案一次足以
几多重阳几多夕阳红在天涯

霜降过后的温度
唯有掌心测度

青山依旧山河无恙
远地风尘漫漫长路秋色无尽

看风景的人更替轮换
一片古荔香犹自唐朝而来
千年等不到一回
等待是历史如画漫卷西风残照

一座城池的沧桑
换取一棵古木的伏低乞怜
人间最怕重阳
岁岁再重阳年年又重阳日日夜夜

原载《泉州文学》2020年第12期

评鉴与感悟

这是一首关于时光与生命的诗,作者以重阳为切口,情动于衷,发乎笔端,情景交融,诗意盎然。是另一种逝者如斯夫不舍昼夜的慨叹。
(老木)

我在这个熟悉的城市里迷失了自己

/ 黎阳

一阵光,落在熟悉的站台上
所有的烟尘? 裹进大衣的下摆
脚下的路,一直引向箭头的末端
家就是下一个车站
我在这个熟悉的城市里
等待候鸟飞来? 飞去的讯息
只有门上的锁,告诉我钥匙的痕迹
还在家的心上
我只是站了站
就再也找不到归来的车影
那些比时光还要快的拒绝
让我在一杯茶的空隙里
思念大雪飘落的村庄
我还是自己,可是村庄已经不在
我的马车和马的蹄印
埋在那座荒凉的山脚下

原载《诗刊》2020年6月下半月刊

评鉴与感悟

在浩如烟海的乡愁诗中，真正更内在复杂的乡愁书写似乎变得越来越难，这难度不在于题材，而在于怎样写才不落俗套。当离乡背井之人的城市生活变得麻木了，对乡村丧失了敏锐的感受力，而乡愁很大程度上仅具有概念意义了。黎阳的这首《我在这个熟悉的城市里迷失了自己》不同，它重新启动了我们对回归家园的某种内心仪式。作为一个熟悉城市的陌生人，他所谓的"迷失"，很大程度上指涉的是与曾经熟悉的城市的隔膜所导致的精神家园的失落。在乡愁所主导的城市生活中，空间的移动可能并不会给我们带来多大的变化，但时间终究更新了一个人对自我和时代的理解，而如何去寻找失去的记忆与内心风景，则变得更具挑战性。他对人生的回望之后，命运由此会获得另一种修复的可能前景。（刘波）

银石滩

/宁明

走累的石头卧在歇马山下
经千年风雨,醒来
已是一群奔腾的白马

这群最善征战的白马,从一个.
历史传说中奔出
又踏进了一片新的传说

骑上白马,穿越四月的时空
让横冲直撞的笑声
摇醒漫山遍野佯睡的杜鹃

凝望太久,歇马山又添一群石头
他们走过的地方,已种下了
对来年春天的一个承诺

原载《诗潮》2020年第7期

评鉴与感悟

好的风景诗有两个特点,一个是"发现",一个是"求新"。想象力,独特的发现,独特的形象、意象、隐喻和独特的超越语法藩篱的语言,这就是好诗歌要达至的境界,宁明这首诗做到了这几点。(董辑)

这个冬天我再次搬出租来的家

/ 郭富山

行李、马勺、乱蓬蓬的插线
塞进装有散酒和诗刊的麻丝
袋子。妈妈,我被矮小的房子
租来租去

妻子一言不发,把散落的
日子默默收起,把极易磕破的
情绪小心包裹

搬家的板车不是娶亲的花轿
她早已忘记了做新娘时
那短暂的风光

孩子在南方的一座城市
把一只提包作为自己的家

妈妈,新租的房子

以及陌生的邻居，是两个世界
妈妈，你为什么不是蜗牛
我喜欢那温暖的壳
多重我也愿意背起

那样，儿子的脊背也不会
时常被北风欺负

妈妈，外面的风很白
我不得不穿行在这雪样的街道
为自己的租来的壳
增添一点温度

我也常常在这样的雪中
为像我一样的人们搬家　　期待雪
越大越好，那样，我们就可以避免看见
彼此的表情

原载《中国诗人》2020年第3期

评鉴与感悟

诗人描摹了早年在城市的颠沛流离，借助虚拟的戏剧情景，通过向慈母的倾诉衷肠而将生活的苦难玉成诗篇。世俗之冷与记忆之暖对比鲜明，诗人质朴而深切的抒情令人感动，平实的叙述把读者引向情感的深度之中。风雪中的急切搬家与亲情瞩望相互衬照，他述写得不奇不异，众人共有之意、共有之情，往往能催人泪下。在稳健的铺陈中实现了情境创造的目标，以至诚的心性表达了儿子对母亲的怀念。（邢海珍）

我羞于称自己为诗人

/ 慕白

我的心不够温暖
我是一个卑微的人
我的心长着一颗羞愧的灵魂

我不敢扶起面前摔倒的老人
我不敢呼吸 PM2.5 大于 100 的空气

我喝酒怕醉,吃肉怕肥
我睡到凌晨 3 点就会醒来

我的欲望像春天的野草
千里之外的微尘,就会让我胆战心惊

我害怕躺下就不能起来
我害怕闭上眼睛就不能睁开

我没有给穷人施舍过一枚硬币

我没有给爱人买过一枝鲜花

我纠结于生活,写过虚伪的证词
我的内心不止一只魔鬼
我羞于称自己为诗人

原载《作家》2020 年第 3 期

评鉴与感悟

慕白在词语中构建了法堂,词语在回答,而提问者在词语之外。同样他也在内心建立了法堂:自己是审判者、是诘问者,是灵魂的拷问者,这一个自己是游离在法堂之外,在虚空之中,但他的声音却在法堂之上盘旋;而另一个自己却是被审判的人,他小心地、谨慎地回答,他惶恐、羞怯、不安,剖析着自己,找出自己的"罪过"。他审判的是自己:一个诗人,至高的道德律令指向的是自己,而不像大多数人一样,在内心私设公堂,审判的却是别人,道德律令的大棒永远指向他人。(唐力)

意 象

/王长军

山谷里，一座空房子
早晨进去一个老者
傍晚却出来一个少年

一根死去的竹子
张着伤口
风一吹，便引来满山鸟鸣

一只蝴蝶，飞呀飞
飞了一千多年，他叫梁山伯
另一只蝴蝶，飞呀飞
也飞了一千多年，她叫祝英台
他们要在日落之前
告诉要做蝴蝶的人，爱情是毒品

而此时，山坡上吃草的羊群
有几只，青草在它们体内起火

吐出来，竟是一朵朵罂粟花

原载《诗刊》2020年5月上半月刊

评鉴与感悟

此诗看似意象繁杂，实则是主体的多种体验在生发新枝：老者变少年，死竹再鸣唱，梁山伯与祝英台蜕去蝴蝶的外衣还原为人，它们一律穿越了时光的隧道，来佐证爱情是绝品的罂粟花，明知有毒却不能不痛饮。这就是人性，更是爱情的真谛，诗因触及了它的神经，而变得意境深远，欲罢不能。（李犁）

梯　子

/陈亮

家是黄泥垒成的，盖着黑色的瓦
门口朝南，迎接东南风
后窗大多被封住，拒绝西北风

院子里总有一架顶天立地的梯子
有时靠着墙，有时靠在树杈上
只有父亲敢爬上去，或晾晒果实
或用星火点烟，或做些只有天知道的事

有时正好在夜晚，我感觉那梯子
是从硕大的月亮上垂下来的
父亲仿佛是在月亮的里面忙活
他的影子被月光投放在地上
仿佛一只不断扇动翅膀的大鸟
让我感觉到异常新奇和神秘

等大人们白天不在家时

我试着偷偷地爬上了梯子抵达了屋顶

那是我第一次站在高处

我看到了整座村子和村子外浩瀚的桃花园

我激动地不知所以地喊着，挥舞手臂

让过路的小鸟大惊不已

以为是遇到了一个刚孵化不久

还没有长出羽毛的巨大鸟婴

但很快，梯子就被月亮上的人收走了

原载《诗刊》2020年7月上半月刊

评鉴与感悟

《梯子》一诗里出现的"没有长出羽毛的巨大鸟婴"，既是诗人自我形象的一种变形，也可以看作是人类形象的一个隐喻。这个形象是在鸟类的俯瞰视角的观照下产生的。对于"过路的小鸟"来说，作为观照对象的人类形象显得那么幼稚羸弱，甚至有点丑陋可笑：一方面体型十分庞大，另一方面却没有长出羽毛和翅膀。在乡村背景之下展开的想象重构中，人类自以为是的优越感被大大消解了。而对于自我形象的建构来说，"鸟婴"一词又指向某种未来和希望，暗示了飞翔的渴望和变形的可能。如此，上述两种形象之间产生了一种悖论式的关联。这种悖论式关联，也体现在梯子意象双重内涵的演绎上。在这首诗里，梯子意象在虚实之间不断变幻，有时是少年努力摆脱父亲形象的阴影，登上屋顶进而发现新世界的有力工具，有时却无端地消失于某种无形的力量（"被月亮上的人收走"），令人不禁心生敬畏。这种变幻既展现了少年想象空间的无限可能，也揭示了现实世界的有限性。（伍明春）

大寒游广仁寺

/ 张静

所有的声音归于天空
深不见底的蓝
屋顶金光流动
经幡在风中飘动
八座汉白玉宝塔
敕建在明城墙西北角

寺院四周异常宁静
阳光也比别处温暖
大寒日,广场上
一个农民工和衣而卧
睡得酣甜

大门朱红,院墙朱红
一辆小黄车,一个轮胎金光熠熠
一个锈迹斑斑
他所有的行囊压在车上,负重的

自行车在一旁撑着
佛祖金身一样的黄色

原载《草原》2020年第8期

评鉴与感悟

其中所写场景极为平常，却又如有神助，呈现了"神"与"人"的同时在场，妙不可言。诗的最后通过颜色的对比而呈现关于信仰、关于生存的诗意言说："大门朱红，院墙朱红/一辆小黄车，一个轮胎金光熠熠/一个锈迹斑斑/他所有的行囊压在车上，负重的/自行车在一旁撑着/佛祖金身一样的黄色"。佛家讲慧眼、慧根，非有慧眼、慧根，断不可能写出如此诗句。（王士强）

落叶飞鸟

/ 刘向东

在我老家,燕山脚下
老树比村庄更古老
而树上的鸟巢
比新娘还新

半圆的巢儿朝天
孵化日月星辰
半圆的坟墓如鸟巢倒扣
拢住大地之气

土地说:落叶归根
于是叶子下沉
天空说:鸟儿凌云
于是翅膀向上

原载《手工诗坊》2020年9月4日

评鉴与感悟

诗歌的控制是一门重要技术,思考次之。如果控制和思考并重,又写出了山川情怀、故园深情,在时间感与空间感中交互共振,诗,才有大空间,大情感。(李东)

虚　构

/水子

"那只海鸥落在什么地方？
我需要知道，在雨停下之前
然后，把一切告诉你身边需要知道的人"

年轻的海鸟们都准备好了
继续把头撞向自己的鸣叫声，那里面
有更广域的海，收留着千年的孤岛
和它们远古的同类

是默默无闻的礁石，是青苔与海藻
形成了海上的灵魂，波涛一样翻涌着
不断溅起孤独，再跌落入新一轮孤独里

呵。大海最善于修改一切了——
墨色的海水多像你，像你被网成了鱼类

原载《延河诗歌特刊》2020年第1期

评鉴与感悟

虚构的,其实也是存在的,尤其对诗人而言,它存在于想象之中,存在于精神世界。诗人,是不是年轻的水鸟们中的一只?是的。即便身体不是,灵魂也一定是。而"把头撞向自己的鸣叫声",是她灵魂的状态——超乎画与音乐的那种状态。当她写下这个诗句,她忽然终于找到自己,同时找到归宿的方向。她通过这首诗、这个诗句,把孤独的喜悦传递给读者。(西征)

去渤海的路上

/ 陆辉艳

那不是盐碱地,是一场薄雪,下在滩涂
再远一点,用词语的局限来描述那片赤红
显然力不从心。那不是碱蓬草,
是一个人在此处纵火
红,覆盖灰白的滩涂,似乎是瞬间的事

但它们吃着苦盐时,并不为我所知晓
牧人赶着羊群,散落在这场火中
它们咀嚼着,吞下蔓延的根茎
苦味,已被这大地的善
和隐忍,一一过滤

原载《天涯》2020年第4期

评鉴与感悟

诗歌来自生活,诗性也是人性,是性灵,是心性。这首诗从土地里长出来,从人心里弥漫,从人间况味中升腾力量。(李东)

皇城草原

/武强华

骑兵的马蹄已经远去
现在,轮到荒草攻城掠地

黄了又绿,绿了又黄
草原终于又回到了
草籽内心的寂静

群山环抱,而雪山若即若离
终不肯屈身近前
做一个王朝的附庸

这是我第二次站在皇城宫殿的废墟上
第二个秋天,仍然只有风
穿梭在没膝的枯草间

只有风和草
狂舞着

欢庆着庶民的胜利[①]

原载《草堂》2020年第4期

评鉴与感悟

从现实生活的细微处剖析人的内心世界，在抵达神性的过程中，透露着自己的敬畏，对存在的思考、对生活的从容，为诗歌蒙上一层哲学之深与俗世之浅的薄纱。如果从生活的细微处剥离出来，面对历史的苍茫，诗人又可以对历史的烟尘拨云见日。对不同题材的涉及，彰显着一个成熟诗人娴熟的技艺与语言掌控力。（朱旭东）

---

①引自李大钊语。

在黎侯古城,听上党落子

/雷霆

尘世间,扮相都一样,都有秋风的微凉
都有来自山川的色彩,内心翻动的谱系

没有什么是黎侯国念念不忘的疆域
在仟仵村,老人斜倚石墙,白发如雪

夕光披下来,像旧日子零散的碎布条
汗渍,玉米秆最后的甘甜,孤独的崖柏

斑驳的不只是白灰跌落的,也不是河床
腾出的鸟鸣,我听到的丝弦急促而有力

回望一个场景,戏台上的兄弟有苦难言
白发老人,扶一小片瓦楞如摁住旧时光影

这是太行深处的眺望,红叶遮挡乡情
屏障像一册翻不完的史料,褶皱如咽

我半生梳理的山川和草木,显得多余
一声三叹,生活因一勺米汤而泪流满面

芥菜尚留在山脚,那么绿了还不想回家
看起来平凡的事物,谢幕总是拖拖拉拉

仿佛起自八百里太行,一段凄苦的落子
把漫山遍野的黄栌压进百转千回的低吟

原载《北京文学》2020年第5期

评鉴与感悟

每个诗人的内心都是一面语言的镜子,世间万象倒影其中就会成为人生百念。诗人雷霆总是善于将山水草木视为精神的源头,将生活日常提升到审美的层面。这是一首去除诸相抵达本心的诗作,就好像秋日的阳光在催促着枝头的果实渐渐归于成熟,纷呈的意象在诗人的心头获得了同一的平静,个体生命的孤独体验已成为一种荣耀加冕。在这儿,所有的破碎都变得完整,所有的苦痛都得到了疗愈,所见所闻所想之物都被赋予了尘世间曲不终人不散的永恒之情。(韩玉光)

梦 见

/叶梓

故园
在一场连绵的秋雨里轰然倒塌
……我站在残碎的土瓦面前
仿佛听到一个家族的回声
有着历史般幽怨的叹息

——我不止一次梦见过这样的场景

父亲留下来的院房，
檩子结实，柱子粗重，檐下的青石板
有着时光打磨过的光泽与温暖。
只是，空了那么久的院子
终究
在时间面前溃不成军

让一座院子空下来
是对它最大的伤害

有一次,我还梦见
父亲突然出现在我面前,说:
你该回来
锄锄后院的草了

语气里的责备
只有我知道

原载《北方文学》2020年第9期

评鉴与感悟

梦是愿望的达成,梦亦是现实的补充。叶梓远离家乡,于南国迷离的灯火中遥望风雨中自己日渐荒芜的故园,心魂所系,借助诗句间的递进关系,从梦见到"我不止一次梦见",再到"还有一次,我梦见",形成了复沓的抒情效果,直抵人心。(王元中)

断　桥

/黄成松

在马岭河，断桥真的断了
是一场有预谋的暴风雨，还是突发的泥石流？
这折翼的天使，在河上横卧成半张残弓
一定有很多游鱼通过它找到了海洋
很多人经过它看到了更迷人的风景
它只是默然向天空伸出残损的手掌
直到天雨水涨被众多的水淹没
水落石出又安然接受雪雨风霜

原载《贵州作家》2020年第2期

评鉴与感悟

黄成松是个安静的叙说者，有艾芜"西南叙事"的影子，他语调均匀，节奏舒缓，波澜不惊，语言干净、节制、平实，像是经过深思熟虑，又了无痕迹。他的诗关注社会现实，有人间烟火气。他的诗勇于挖掘精神地标的历史文化记忆。正如这首《断桥》。（赵三省）

夜宿华藏寺

/ 梁积林

风，赶着一群群羊群似的雪雾
爬乌鞘岭。那边
就是河西走廊……

……下半夜了，老店铺里
有两个碰杯的藏人，还没有把一盏灯光
干光

屋脊上又跳下了一声响。而
檐角上挂着的那块
月亮，被风吹得
响了一个晚上

原载《国家诗人地理》2020年第93期

评鉴与感悟

凭直觉就能认定它是好诗,譬如它的语言魅力。第一处:"风,赶着一群群羊群似的雪雾/爬乌鞘岭"中的"爬"字,就让人叹为观止矣,尤为贴切,犹有神助。诗人是这方面的好手。第二处:"老店铺里/有两个碰杯的藏人,还没有把一盏灯光/干光"中的"干"字,暗藏玄机,意味深长,令人玩味。第三处:"屋脊上又跳下了一声响"和"响了一个晚上"的"响"字,更是把风声中的神秘意味写了出来,引起我们共鸣。因为我们也有类似经验,夜晚中谛听那些不可知的声响。总之,全诗就一个字:活。还有异域气息。好小说!好电影!真是声色味俱佳,上下气息活跃、通畅。(西翔)

鸾鸟城遗址

/ 苏黎

这里有一截残破的土垣
两只乌鸦落上去
断断续续地吹着竖笛
周边，涌过来的草波
是它们照着的简谱
沿着时间的阶梯
我攀上了西北角的一个雉堞
我不想惊扰
啃着墙根里碱土的小风
一圈圈风化了的鸟粪，好像是
一盏盏仍燃着的喘息的灯碗
我缓缓移步，不是要踩灭一束冰草的火焰
我只是想看看一孔箭痕里，射下的
千年前的辽阔
和时间的痕迹

原载《飞天》2020年第7期

评鉴与感悟

诗人以敏锐的视角、凝练的语言、独特的笔调，将自己所见所想融为一体，用清晰的画面打动人，用潜意识的认知展示了历史的苍茫和时间的辽远，为我们构建了一座静谧而肃然的千年遗址，依然有着迷人的魅力，透着一种深邃的震撼。（西夏）

疯女人

/ 梁久明

大楼拐角里黑色的一堆。是人
是一个不干净不齐整的女人
蜷缩在一床破棉絮下
阳光能照见的半边脸
聚光灯般,放大了
她的不正常

我看见她时,她正
手拿木梳在头上用力
东一下西一下,机械缓慢
她没有梳掉草屑
没,梳直乱发

要用多久,她
才能梳理出来从前的那一天:
在自家洒落阳光的屋子里
对着一面明亮的镜子

一边梳头，一边

在心里问着：

"我，好看吗？"

原载《肇源文艺》2020年第2期

评鉴与感悟 —— 此诗语言质朴，形象感强，读过即懂。而从第一句开始直到最后一句，句句抓心，句句揪心。对比手法的运用强化了这种感受，同时加深了主题。掩卷沉思，让人联想诗背后的故事和命运，又觉得似有更深的主题：隐喻人类非人的困境，和回到美好人生的渴望。（王克举）

这个世界充满光

/ 宋心海

睡莲,月季,格桑……
它们拥有此刻
所有的光亮

这清晨越来越清晰
我再也无法
沉湎于梦中的植物

这个世界充满光
我暗不下来

原载《十月》2020年第5期

评鉴与感悟

小诗不小,小的事物却有沧海般的胸襟与气度,越来越清晰的不是清晨,而是人心。(李东)

流水之思

/ 赵亚东

在湿地上,被流水照见的面孔
不一定是我们自己

每一滴水都饱经沧桑
它们被困在无边的芦苇荡中
深沉的脊背上
映着丹顶鹤的倒影

我们把手伸进水的深处
如同触摸到一个老人
……那不断冷下去的心

在这不断分叉的河道里
我们找不到回去的路……
天空上涌动着鹤鸣

但是没有一只鹤把我们看见

只有他们能说清楚流水的心思
但却永远不会告诉我们。

原载《中国诗人》2020年第5期

评鉴与感悟

流水之思也是心灵之思,自省意识与精神源流在写流水与鹤鸣的诗歌中得到了叩问与回答。诗人控制语言的能力很强,情绪深沉、隽永,意蕴深厚。(姜超)

蝴 蝶

/吉祥女巫

凌晨,半梦半醒中
一只蝴蝶,翩然飞入梦境……

河边的野菊花已然成精
它幻化为书本、电脑
勒令辛勤的蝴蝶置身其中
野菊花也变成餐桌、会场、方向盘
变成许多许多不停改换
不断重复的目的地……

有时,野菊花也会变成一张
能够自动旋转的床
把自己转晕了,它就会停……

我很喜欢看见那时的蝴蝶
休闲,自在,完全放松的样子……

选自作者诗集《蝴蝶》,长江文艺出版社2020年12月版

评鉴与感悟

蝴蝶在中国诗学中是个高频词汇，不少诗人都以此写下无数佳作。溯其根源，可能与庄周乃至梁祝的"化蝶"不无关联。蝴蝶往往标示着美好、自由与神秘，借助这一经典物象，可以自由抵达诗思，无疑是比较轻巧的做法。

回到这首诗，诗人开篇写道："一只蝴蝶，翩然飞入梦境……"给我们预设了有蝴蝶的现场（虽然只是梦境）。诗人在随后两节用浓墨写野菊花"已然成精"后的无所不能——它几乎可以变幻为真实生活中的任何物品：书本、电脑、餐桌、会场、方向盘、许多目的地，甚至是自动旋转的床，而蝴蝶始终贯穿其中，从繁忙到休闲……这虽是梦境的场景，无疑与诗人真实生活形成一种观照或对应关系。作为一个社会人，自然会面临各种生存的压力或困境，那么在精神上寻找纾困之道，找到梦想的"桃花源"，就变成一种本能的需求了。当然这不是避世，而只是路边的风景或加油站，停驻是为了更好地前行。

中国诗学偏爱以物观物，而这首诗中诗人把蝴蝶摘出来观看，可谓"以我观物"，但是我们依然可以拿蝴蝶与诗人比照，蝴蝶所拥有的"休闲，自在，完全放松的样子"，也正是诗人所乐见的一种状态。

（刘亚武）

柯鲁柯之秋

/李木马

柯鲁柯之秋
纯净得令人在眺望中无言
似乎每一片落叶
都隐忍,暗含了悲剧之美
逆光行走,斜穿一条公路
我仰望着树叶边缘小小的金边
如祭献的小小花环

北方,头戴雪帽的远山如王者安坐
九月,德令哈的秋天
葆有着罕见的典雅

刚才,那些匆匆闪过车窗的树干
像逆行的人群。哦,远方
成排成队望不到尽头的杨树
是最初到来的垦荒者吗
我从落叶中认出了他们

军装上的那种黄

几十年了，它们分明还在迎风歌唱
而掉队者的那些，声音反而更大一些
杨树们的站姿、秩序、歌声
也与海子的抒情诗如出一辙

消逝之美，那么令人追惋
如每一片落叶，至纯至美
总会适时选择一阵中意的风
与生命潇潇洒洒地松手

原载《中国铁路文艺》2020年第12期

评鉴与感悟

柯鲁柯在哪里？是这首诗首先给读者带来的陌生化的审美诘问。而顺着字里行间进入诗境之后，德令哈、公路、远山、杨树、垦荒者、风，熟悉的意象依次出场，诸多意象又在陌生化中呈现，相互作用，勾起与唤醒我们的日常经验与休眠记忆。好诗，总是这样给不同读者留有进入的路径与空间，然后徜徉其间，各取所需。我在《柯鲁柯之秋》里，体察到了"潇潇洒洒的风"，也体察到了豁达、隐忍和难以言表的人生况味。（哨兵）

一辆老吉普车的死亡方式

/ 彭鸣

不应该在城市或城市的边缘
在高楼边日渐被尘埃颓废、沧桑
……

如果可以选择
我建议把车开进热带雨林
在经年的绿色藤蔓丛林中
车　确实老得走不动了
就安静地睡在雨林间吧

在它一天天变锈
变得满目悲哀的时刻
有藤蔓爬满它的窗户
还有花朵和温婉的青苔
抓挠它的脚心、腋下
……
雨水来了　它们一起合鸣

它们彼此皈依着
这个森林中的庞然大物
仿佛　它们从来没有
这么有寄托和安全过

而吉普车却忽然
找到了新的自我
它和它的丛林植物和花朵
彼此温暖地靠着　完全
成了生生不息的一家人

原载中诗网 2020 年 6 月 9 日

评鉴与感悟

自工业革命发端以来，人的身体在空间范围内不断延伸，以至于人在驱逐了神的同时，试图接管神的权力，世界与繁种物相始终处于人的凝视之下。这首诗为我们展现了物的另一种存在方式，即脱离以人类为中心的视角，重新回到其在世界中的位置。因而即便诗的第三节有"变得满目悲哀的时刻"这样的句子，但整首诗的基调并不喑哑，因为"变锈""藤蔓爬满它的窗户"乃至于吉普车的死亡，本质上都是重新寻回物的临场感，并最终能够和象征自然的"植物和花朵""温暖地靠着"，其"死亡方式"实际上是物的再生方式。这首诗隐含着一种生命的思考，以物的存亡方式反思所有生命存在的可能样态，比如如何从原点回到原点，如何延伸有限生命的历程，如何开启生命多重维度的可能，使意义如同鲜花和藤蔓，蕴含着无用之用的韵致。

（孙晓娅）

夜火车

/ 子敬

当民工以民工的方式将家什装满蛇皮袋子
夜晚，饭盒，打工的工具
有时会有金属的碰撞从那里传出
误闯进去的老鼠在袋中发出嘶叫
惊醒了车厢里睡觉的人
夜色将时间放得很长，有时昏暗
有时又闪动着迷人的光芒
民工没有经常洗脸的习惯
身上的陈年旧味也像宝贝一样在火车上携带
穿透午夜的空气
民工以民工的方式打牌，说笑
有时将烟叼在嘴上
展示出一个农民的酷
有钱的都去卧铺车厢孤独地听火车道轨的磨合了
只有呼吸相同的人释放着相同的呼吸

原载《诗民刊》2020年1月

评鉴与感悟

子敬的诗如此直接地提醒我们:"诗"与"写"从未像今天这样彼此紧张、背离和对抗。当代汉诗,不再单纯依赖于体验和记忆,它要求诗人在回忆和观察中测量并确认物象辗转腾挪里"范式"的暗中换幕。在柔软悠扬的诗行的首句,子敬总是断然挑明繁复事物的本性。简言之,诗即立场。(邢斌)

方 言

/林典铇

一座山在燃烧
最早从一条溪开始，蔓延到石头
布谷鸟把火苗带到枝头上
无辜啊，青草匍匐着
忍受大火的煎熬

若干年过去，雨
一直下，试图唤醒旧年的灰烬
山下的城市，依然追求自由崇尚贤哲
山顶建了一座寺庙，此刻
和道路一起沐浴在雨水中

雨，已不可能浇灭昨日的大火

这座山依然健在，青草开始新的葱茏
石头变得更加勇敢，默默地
任雨水雕刻，任黎明的钟声雕刻

大火洗礼后的方言,仍在山下传承

原载中国诗歌网"每日好诗"2020年11月13日

评鉴与感悟

全诗充满隐喻性特征,体现了一种诗性智慧。作者描绘一座有创痕的山,用此比喻方言的兴衰,比喻地区民族文化的兴衰,亦可引申为时代对方言的态度变化——忽视与珍视。燃烧过后,要么死亡,要么浴火重生,方言作为文化的一个载体,亦具有发展性,因此,"山下的城市,依然追求自由崇尚贤哲"。然而,"雨,已不可能浇灭昨日的大火",此句单独成为诗的一节,起到警醒作用。这里的火意味着一种文化灾难,雨可视作完善方言所做的努力,表达了作者的态度:雁过无痕,群体意识上烙下的文化创伤和所造成的文明缺失,永远无法弥补。但全诗不止于此,作者依旧怀有期待,"这座山依然健在""大火洗礼后的方言,仍在山下传承",患难之后,方言表现出顽强的再生能力,承载人类文化所特有的自我延续与自我更新能力。作者以小见大,以山隐喻方言,以方言扩展文化,呈现了文化的生命之树历经波折而常青的道理。(仕凡)

清　明

/ 朵而

穿过留云阁，踏上羊肠道
箬叶丛里
长着几块无名碑。

风哗啦啦吹过来，摇瘦银杉
红枫、荨麻竿
余晖在鸟鸣中缓缓褪去。

天开始小幅度打雷，黄土
一半留在半坡，另一半
又忙不迭地落下。

捕鱼者在山脚一条小河里收网
透过冰冷河水，一种比泥土更小的悲切
正从雷鸣深处钻出来。

仔细听，是鹰在哭。

原载《散文诗》2020年8月读本《旧的光与啄破的夜》

评鉴与感悟

这首《清明》有一种别样的韵味。首先,它不同于一般意义上的清明悼亡,写"路上行人欲断魂"的悲戚,而是将对于生命的缅怀融入一草一木中,将生命的消亡置换于阔大的自然万物的生态之中,从而达成哀而不伤、悲喜无界的境地。"风哗啦啦吹过来,摇瘦银杉/红枫、苘麻竿/余晖在鸟鸣中缓缓褪去",大自然如此沉稳和淡定,暗示着人类对于生死的豁达与透悟。其次,作者又不甘于生命沦落为平庸和虚无,把悼亡之思升格为对生命的礼赞。"天开始小幅度打雷","一种比泥土更小的悲切/正从雷鸣深处钻出来",这雷,其实暗含着生者对于死者的真情怀念,更是生者怀抱着对生命本身的巨大悲悯,以及对于生存意义的追问和爆发式的宣示。最后,作者以"仔细听,是鹰在哭"这一奇崛的联想,将生死的双向情理碰撞,定格为悲壮的生命畅响。整首诗情绪饱满而沉潜,在客观冷静的意象呈现和交叠中,看似波澜不惊,却是潜流暗涌,把对于生死的哲学思考推到了惊奇而又清明的诗美境地。(漫尘)

克孜尔

/吉尔

那时大地辽阔,时间苍茫
月亮是佛系的

那时人间慈悲,众生诵经
鸟叫、鹿鸣、虎啸都是悲悯的

那时悲苦的大地开满金黄的向日葵花
太阳普照众生的额头
来自东方的蒙古利亚人,西方的欧罗巴人
爱上龟兹的六瓣杏花
他们的信仰有着水一样的天赋
因此感化了石头

在克孜尔千佛洞
一个戒掉嗔念的人
可以听到壁画里的诵经声
一个心诚的人,可以听到朝钟暮鼓

和佛祖的点化

那时，我们相信报应与轮回
以水为镜，可以照见干净的灵魂
时光和月亮一样慈悲

原载《诗歌风赏》 2020 年第 2 卷

评鉴与感悟

诗人把诗歌的触角伸向了历史，触摸历史的记忆和时光。诗歌回放了龟兹佛都克孜尔石窟的过往，叙述从容自在，但叙述的历史沉重而深刻。这是一部两千年的佛国史，但在诗人吉尔的诗歌里，像一首《大悲咒》的声乐，深沉、宏达、悠远、悲悯。营造的意境，让诗歌的韵致和结构都随着大慈大悲的善性向前推进。而在意象的运用上也很独特：她把克孜尔石窟大地上的人民，喻为"金黄的向日葵花"。这是诗人在写自己生活的地方——库车，古代的龟兹佛都。整首诗干净自然，点到为止。（李东海）

平安夜

/也果

写诗
遛狗
收到一句
祝福
耳鸣
如
火车

原载微信公众号"底纹"2020年12月25日

评鉴与感悟 也果的诗是有洁癖的,她去除大部的修辞,不用臃肿的幻象词汇遮住自己诗与思的光。她的语言简省到瘦而通神,却让人感到诗情的丰盈与广大,小与大、简与丰的辩证,在也果诗里是最好的注脚。诗的洁来自精神,也是一种态度与拒绝!(耿立)

雾中的洞头

/ 林新荣

雾的心中竟然有大片大片的海
——在悬崖上,在鸟翅上,在渔轮上
这纯白的写意之笔
是动荡的,不断地涌过来
在礁石上随意漫开
在半屏山大桥上
聚成一团
又被鸟鸣一声声撑开

虚幻
竟然,可以在人间,轻轻摇晃

原载《诗歌月刊》2020年第8期

评鉴与感悟

生动的水墨画,诗画同源在这首诗中得到了最好的证明。诗人既能驾驭语言,又能挥毫泼墨,在黑白之间,在水墨氤氲中,写就了灵动。有深邃的中国传统古诗之禅境,又不失现代诗的深刻意蕴。整首诗的分行看似随意,但是诗意却起伏,深湛。(李东)

恐 惧

/孙自立

那是一只猫突然从角落里蹿出
我只瞥见它有一双蓝闪闪的眼睛
并不知道它逃向哪里
它缩紧身子，速度迅猛
当我从寂静的校园往外走时
透过幽微的月光，看着
夜晚那么静，房子和树木一样静
我握紧拳头，脚步加快
当我走进人群。我确信
那只不知所踪的猫已将它的恐惧
传给我
而黑夜静寂

原载《诗潮》2020年第6期

评鉴与感悟

一只猫的动作迅疾而又伶俐,诗人的观察也是有节奏有韵律的。诗意凝聚在短促的分行中,形成了独特的节奏感。诗人善于营造一种诗意的氛围,伴随着某种神秘暗示,细节描写增加了真实感,但是也加深了恍惚感。(李东)

古老的祈愿

/ 徐晓阳

在一泓清浅的塘水中
漫天飞舞的苇絮如早降的雪
点点滴滴悬在芦叶的翠绿之中
河流的那端就流淌出和煦的阳光

你转身嬉逐诱惑了我千年
千年在远方望你翩翩归来的群阵
在土地的上空回归
匍匐于田垄的农人
洒一碗烈酒在流流嚎歌的浊江
长岁的仙禽只存在于纯朴的愿望

灵性之鸣缕缕透过浓密的苇林
北国的圣地之外栅栏重重包围
禁地之内乐歌升平是一方狭窄的天堂
警语的背后也许没有猎枪

原载《手工诗坊》微信公众号2020年9月4日

评鉴与感悟

这首诗让我想到了远古时代,想到了天上的飞仙与人间的事情。灵性之鸟,是灵魂的也是人性的。这首诗,味道浓郁,情感深刻,又不虚浮。(老火)

风穴寺

/ 安辉

风在风穴寺上空盘旋　迂回
翻阅大地的经书

白云以婆娑之心
给远道而来的凡尘之人以香积缭绕之普度

能听得见七祖塔上的梵阿诵语吗
悬钟阁上的千年钟声呢

白云禅寺　香积寺
千峰寺　都在风的日夜吟哦中各自皈依
好像风在这里成了佛的隐身

风过处　佛无处不在

原载《中国诗歌》2020博客网络诗选

评鉴与感悟

佛法是对自然之道的顿悟结晶，最终要返回万物之中，呈现其生命的意义。心中有佛陀便是佛之天下，也就有了智慧、慈悲和善念。风是无形之物，如意念无形却无处不在。关于风动还是幡动，在禅宗那儿不是风动不是旗动而是心动。《风穴寺》将一个寺庙群作宏观的审视，悟得风的佛法虽然安静如山，"风在这里成了佛的隐身"而无处不在。诗人悟道透彻，有明心见性之效。风所到之处，佛都会显神灵而普度众生，行善积德，远离苦海，与"人在做，天在看"有异曲同工之妙。（空灵部落）

福 建

/ 安琪

年轻时我想脱去的故乡
我极力想脱去的故乡,如今还在我身上
并已咬住了我的骨血
我和它曾有的紧张关系
我和它的恩怨,都已被
时间葬送。我悲喜交加
写下:
没有更好的故乡生下我
没有更好的故乡哺育我
也许有
但我已命定属于你
我的第一声啼哭属于你
我的第一次欢笑属于你
我踩出的第一个脚印、写出的第一个汉字
属于你
我爱上的第一个人
我爱上的最后一个人,都属于你。

原载《朔方》2020年第10期

评鉴与感悟

在当代,写故乡的诗已成奢望。没有离开故乡的人不会去写,因为并没有"故";离开家乡的人居于异地,另一端有可能已被拆除,家乡已无迹可寻,故乡成为痛点。福建各地之间山水阻隔,各地方言、文化、习俗还是有很多不一样的地方,更主要的是各地的交往其实并不多,以至于要给福建一个整体的印象我总觉得是强加上的。在精神方面,故乡也难以准确定位,可能是美国或法兰西,也可能是春秋和唐宋。安琪这首写故乡的诗作,同样带着复杂的情绪。尽管诗人已经北漂到京,但福建是难以割舍的印记。诗人以《福建》为题,但在诗中,福建仍是一个抽象的词,换成湖南或者四川可能也没有违和感。也可以说她写出了漂泊异乡的人对故乡的情感共性。(康城)

对毕达哥拉斯的献辞

/ 江离

因为无限的少数人都曾追随，
晦明不定的星空的指引，
如同毕达哥拉斯，在他的窗口仰望。
一个无边黑暗中的孤寂旅人，这以后
所有世界的阅读者、巫师、智者、炼金术士，
各自穿过了丛林、黄昏的金色海岸，
历经地狱之苦——
不是为了在一头饥饿的狮子身上
复苏它统治土地的雄心，不是在沙漠之上
建立黄金的国度，
只为在星辰的沙盘上推演，
（在理智认知和未知神明的庇佑下）
我们自身和世界之中，那不可见的统一性。

原载《雨花》2020年第1期

评鉴与感悟

江离是个早熟的诗人,他似乎没有经历过学徒期,青年时代的作品便已展现一种经典化的品质。一个较为突出的特征是,他善于运用自己哲学专业的素养,从宇宙学的角度为我们的存在世界建立比喻,从而让我们在他的诗歌中获得生动、宏远而简洁的认识。也就是说,他一直致力于在诗歌中达成真与善合一的境界。《对毕达哥拉斯的献辞》一诗保留了这种早期风格。在这首以哲学家为主题的作品中,诗人以"献辞"这一具有崇高色彩的文体"追随"了毕达哥拉斯的神秘主义,通过对彼岸世界的某种探寻,诗人塑造了诗的高度秩序感。或者说,诗人发现了这种秩序感可能拥有的本质意义——"那不可见的统一性"。如果说,这种对中心本质的追问只是一种隐喻,那么诗人对现实世界的理解一定也是化约的,穿透的,理想主义的,因为艰难追问的目的不是为了"统治土地的雄心",而是为了达成自身与世界的同一。这说明,诗人的真理追问,始终怀抱了美与善的信念。这或许就是"星空的指引"。(楼河)

篝　火

/ 田暖

围着篝火，让我相信沉默的木头
也是长翅膀的火，火从来都是向死而生

没有什么能够束缚住燃烧的灵魂
不为消逝，更不在乎灰烬

篝火舔旺了我们身体里的火焰
我们跳着拉手舞，热浪似的向篝火扑去

人们那么兴高采烈，那么认真地澎湃着
即使生活常如烧过的灰烬，让人绝望

可就在成为火的瞬间，却仿佛一种诞生
把心灰意冷的人，烫得热泪盈眶

每一团劈波斩浪的火，都在火的舞蹈中
闪耀如星星，飞向天空的八角

月亮升起的时候,我们虔诚地拜着月亮
这永恒的篝火,燃在梦呓的高处
辽阔幽亮的,把火的光辉点进人们的胸膛

原载《作家》2020年第5期

评鉴与感悟

田暖的《篝火》,点燃的却是一簇心火,心火燃烧的是希望和理想。理想会永恒,在现实中,却有很多的路,走法各异,这是生活的态度,这也是决定能否走下去、走多远的关键。诗人想告知你的就是走好自己的路,走出自己的路。(谢幕)

黑羊羔

/扎西才让

黎明，似乎只属于此时的黑羊羔，
它依偎着母亲，身后，是五月深远的
草地，和油彩般绚丽的天空。

或许，在广袤宁静的牧场上，
世界原本就是这么简单，这么美丽：
只一个场景，就让人心生慈悲。

也许你我都在探究着世界的永恒，
将各自的心灵，想象成柔弱可怜
又倔强的小羊羔，浑身都是黑。

也许你我都渴望着：穷其一生，
也要找到可以依偎的人。天地很大
也很美，但显然不能独自面对。

原载《广州文艺》2020年第2期

评鉴与感悟

扎西才让的诗,很地域,也很现代,地域到具体的眼前情景,现代到更广阔的时空。从现实到想象是个过程,这是一种理想;从现实到梦境,这是一种希望。而希望和理想则是诗人对生活寄托的主色调。诗的寓意让读者感动。(谢幕)

夜宴档案

/ 芦苇岸

此刻的夜色，在屋外单薄
蛊惑在蔓延，大脑调频到荒诞模式
那么沉重，像一只巨碗等着
装下生活的仓促，一日三餐，油盐
刚好。日子就这么被安慰，有吃有喝
偶尔抬头，看看熟悉的世界
以陌生人的黑风衣，清扫门庭落英
热闹珍贵得在影像纪录片里
模糊。汽车从很远的街道开过
潮水一样的声音，被摁下暂停键
寂静如脆皮炸鸡，无奈的情绪
膨大，坍塌，废墟饥肠辘辘
一只猫传来它的干嚎，这声音发自
性别的体内：孤绝，炽热，狂暴
夜色成为结局的遮羞布，浑浊的
灯影，停在一个伤感的音阶上
留下残缺的诤言和悲愤的眼

空洞的夜风忽忽吹送，不惧可疑分子
借助打火机，混淆黑白无常的现实
越来越轻薄，越来越有意思
尘埃落定，一部传记有头无尾

原载《广州文艺》2020年第11期

评鉴与感悟

在现实创作中，比较难写的是像这样略显颓废的诗，其中最见功力的地方，是语词的精准与分寸感的把握。颓废又不等同于失败，失重般的感伤又不是彻底绝望。从中不难看到艾略特、凯里亚克、金斯伯格等人的影子。由此也联想到一些现代主义油画，密集而拥挤的意象组合，有着超越三维的能指倾向。无疑，这样的创作，旨在从生活非理想化的真实中，向文本的深处掘进。（李木马）

野　鹅
——致玛丽·奥利弗

/ 张静雯

玛丽，我过着你笔下鼹鼠的生活
漫长而孤独，被雨抹去痕迹
玛丽，我想到一种孤独的原因是
总与不会使用人类语言的万物相爱
怎么会
云会爱我们　星星会爱我们
是我们渴望着森林、河流、青苔的爱
而明知不会有，才孤独
玛丽，我也想捧一掬黑水塘的水饮下
我想让身体内也有一个水塘

这里也有蔚蓝的天空
有一次我注视着一只飞鸟
想象它的需求。我差点流泪
我们太贪婪！

玛丽，无数个夜晚我的思想如热带雨林

复杂多变，我深入其中并一无所知
只差困死，这就是我要告诉你的我的绝望
但无论短暂或漫长，我仍决定
继续地想象，继续地呼吸
继续伸出我的翅膀
向着最高的地方飞去

玛丽，想着世界上还有你
又多了一个逗留的理由

原载微信公众号"诗探索"2020年3月13日

评鉴与感悟

以野鹅的视角进入美国自然主义诗人玛丽·奥利弗的纯净世界，从野鹅、鼹鼠、雨、云、森林、河流、青苔、蔚蓝的天空、热带雨林中，我们不难体察作者对自然初恋般的情感。而在氛围和谐的意象中，"黑水塘"是一个刺眼的另类，进而是要"捧一掬黑水塘的水饮下"以及"我要告诉你的我的绝望"。突然形成的张力与转折，又有了普拉斯的决绝。从这首诗中不难看出，作者深受美国现代诗歌影响，而且做到了食而能化，从而使作品节奏舒畅、真情感人，又饱含悲悯之心。（李木马）

星光使者在列车上值夜班

/ 艾诺依

我不知道，这个带超级薄膜过滤器的耳机
是开关的利器，彼此隔绝
却更加渴念

窗外的夜色
跟影子一样瘦，才会挤进我的眼眸

晃着膀子走过去，走出玻璃的边缘
回忆被时间挤出了轨道
在美丽的时刻，夜的尽头

几乎这些可爱随声音远远飞走
但愿世间没有一列车
从耳朵，刺穿来时的路

人间太吵，带着墓的气息
住进银河的心里

原载《草堂》2020年第1期

评鉴与感悟

记得我在另外的短评中谈到过,小艾的诗,像柠檬,浓度和甜度刚刚好,微凉爽口。清爽自如又意味隐隐的诗,其实是很难写的。这是一首在夜火车上的遐想之诗,现代与自然意象默契组合,思维闪回如蒙太奇,上天入地,又接着人心。谁也没办法,几乎成了90后的专利。对小艾们来说,与其说这是一种能力,不如说是一种天赋。(李木马)

夜宿草原

/ 赵晓梦

整个夜晚我都在聆听和张望
试图看清屏住呼吸的群山
试图分辨风中狼嚎的声调
集装箱酒店的窗户太小
没有一座山峦愿意被看见
没有一声啸叫出现在风中

刺耳的寂静包裹着无边的黑暗
所有的眼睛都是徒劳
所有的记忆都停在黄昏边缘
远处车灯一闪即逝,没有多余
地方被照亮,旷野重新被黑色
缝合,连窗前的电线也隐身

这倏然的一道光划破血管
草原上的祖先全都活了过来
马头琴在忽迷思里起身

银器和铁器跑出他乡与故乡
有号角声边安放长烟落日
有雁来雁去云中快递锦书

比刀子还要锋利的寂寥
深深刺进夜晚的骨髓
即使屋内亮着壁灯,自由也是
相对的。仅限书页里活动的风
从未停止吹拂。当草结上露珠
我终于感到山的存在

原载《鸭绿江》2020年第10期

评鉴与感悟

就我个人的创作和阅读体验,从自然环境中选取诗的温床,草原当为首选。寂静、远处低缓的山峦、公路上刀锋一样划动着黑暗的车灯……都给我们带来身临其境和感同身受的阅读体验。很多时候,一首诗的成活正是依赖这样的同感体验。其实每个人的心中都有一片理想的草原,那悠然起伏的曲线与我们的身心密切相关,在寂静而旷阔的忧伤中,也一定会有在暗夜里复活的事物。(李木马)

严冬,车窗外

/ 宋晓杰

车窗外
昏黄的大地
如枯萎的乱发
飞舞、飘摇

那些土腥味儿的村庄里
晃着"小号"的我们
那些祖屋里
住着同一个人
她的名字叫:母亲
——那注定是地球的中心
亚马孙河,蝴蝶的翅膀
得克萨斯州的龙卷风

昏黄周而复始,我终于明白——
离心运动的本质
就是:飞,飞,飞

不停地吹灰

原载《草堂》2020年第3期

评鉴与感悟

宋晓杰的诗，具有以小见大、以点见面的感觉，她善于从小处着眼，再放大一种心情，仅仅一次的视觉呈现，所能超验的却是人生的真谛。从"村庄"到"龙卷风"的线性思维，让人明白了心灵的轨迹其实是一次梵境的往来。（谢幕）

结绳纪事

/ 郭紫莹

计算着下个周末就可以晒太阳
这样的日子就在西西弗斯的手中滚到今天

出生时的名字，离开时就消失
所以姓名是被你挤占的空间代号，却不是你

请和深夜致歉，本来奶水是要流进银河里
星星盯着你，别把喂奶的女人吸干

天凉，你要成为宇宙中最善良的肿瘤
无意识地反穿衬衫，就习惯性为天空多填衣物

可以上学，但是学校和雪是一样的，想下就下
知识可不一样，高兴时1+1也能等于废物

你长大想成为什么呢？大人都笑你，你可别听
就像大人的大人嘲笑大人一样，是条铁律

在没有暗恋对象的时候,骨头已经上了岁数
脖子不能连着脚踵,不要回头也不能倒着走

夜里妹妹叫醒你看昙花,如果你有妹妹的话
这样的花和这样的少女都是一次性的,请记得

离家或者归来,进门前都重新介绍自己
家人就可以像收到包裹一样,欣喜地拆开你

母亲回信:世界上最深的河水原来就在家门口
十八年前扔下的石子,今天终于听到回响了

2035年的18岁,2018年应该1岁吧,还没识字
你要好好活着,再像篡改分数一样把35涂成18

原载《火花》2020年第10期

评鉴与感悟

郭紫莹的诗《结绳纪事》,具有很超验的现代意识。诗人将一种古代的计算方式演绎得扑朔迷离,似乎是一种穿越,却又很佛性很随意,将随手拈来的生活进行了诗意的处理。诗人用意象进行借喻和象征,用意识去感觉与反衬,用心语去注释和图解,用灵魂去呼唤和昭示,从而创造了一种新的意境和表述方式。(谢幕)

女理发师

/杜立明

不知她是否割过麦子
她手抓头发的样子很像那么回事

我的头发差不多
一年要成熟十二次
每一次把自己当作商品交给她
她一定把我的头颅当成了一个球体

每一根头发里都住着我所经历的
风、阳光或家里的每个人
它像个草原,里面有一条羊肠小路
通向荒芜

我面无表情
唯恐她发现里面的蛛丝马迹

每个人都是一把打开另一个世界的钥匙

坟墓就是那把大锁

我像个生命的间谍,把白发染黑

再去人世间招摇撞骗

原载中国诗歌网 9 月 12 日

评鉴与感悟

杜立明的诗,意象鲜明,从割麦到理发的线性思维方式,是诗人的心域理解过程。再从草原的草到头发的时空跳跃,给心域增加了色彩。特别是那个蜘蛛和钥匙的演绎,给生活增加了内容,给生命增加了意义和价值。(谢幕)

红高粱

/ 见君

青石安详,夏季跪地而亡。
开过花后,诸事一一结籽,
在天空整理衣裳。

短暂的河流,黑色的河流,
在秋风吹落我们的草帽前,
仍旧砍下头颅。

我们收割高粱,
火红的,无边的高粱,
长在干净的泥土上。

原载《学习方法报·语文新势力》2020年10月20日

评鉴与感悟

见君的诗自有他的"暗光"潜质，似在悬崖或黑洞中参与论辩，既而进入螺旋式参悟之道，主题词关乎"死亡"和"命运"。

在一首（如《红高粱》）或多首短诗中，呈现"命运的洪流"并不容易，更何况他又力拒庸常语境和惯性日常词汇构建。他需要和正在打造着一个独特的异化的冲破规则感的又不失哲学灯芯的空间，用于放置思想与深水互为映照的镜面。于是，偶或陷入一种孤绝状态。这可能会产生"危险"，却又坦荡荡容得下"自由"。而在见君这里，诗人与其诗歌的"危险关系"，我觉得特别有意思。这种纵深关系中，更多时候见君是游移在见君之外打量世界和肉身的，而见君又在见君的某一个指令和繁复意象中自行幻化成他们的合体代言者。他们不仅仅是一个物象，不是一道门、一个人，他们是万物，又不仅是万物。

比如在《红高粱》中，他们成为植株，成为行走的和即将告别大地的高粱。读这首诗，头脑里还闪现出古希腊哲学家阿那克西曼德和赫拉克利特最早提出的圆圈式发展思想，说"无限"或"火"为万物的"始基"，一切事物都产生于它，又复归于它。后来这种单纯的"圆圈"理论又发展至"发展的螺旋式"。在《红高粱》中我看到了如弹簧的一个个具有螺旋曲线的圆圈，那种命运的冲力和沉重感赫然呈现：在时间的河流之中，一株高粱、一片火红的待收的完成了自然生长使命的高粱，一个人、一群踯躅于原地又不断出走的人群。"我们收割高粱"，也是收割自己，万物握紧了胸口"结籽"的"隐秘之罪"，复归又新长于泥土。（左小词）

中 年

/ 刘红立

下午茶的时间
被挤进了地铁

所有的速度
低于嘈杂
低于墙壁上恍惚的广告
低于那人
低于欲出未出的轨道
低于地面突如其来的雨，被挟持
在双轨更低处

并行不悖的躁动，就这样
成为彬彬有礼的同义词
远方鱼鳞云下
一句低于尘埃之语

"太拥塞了"

原载微信公众号"深纹路"2020年10月6日

评鉴与感悟

好的诗歌如隔空取物，不着痕迹；好的诗歌格物致知，却又四散漫溢。刘红立的这首命名为《中年》的诗歌，读来令人心有所动，并由此产生了诸多的缥缈之思与现实之想。中年对于每个人来说，都是一个极其沉重的词语，也是人生当中负荷与被裹挟最多也最广泛的一个年龄段。生活在很多时候教给我们不得已而为之，也催逼我们必须以各种姿态和面孔在生活的各个缝隙与层面穿梭不止。可是，谁也无法真切说出个人内心的疲惫与苦楚，也无法洞彻每个人精神当中的雨水、雪花，甚至闪电与雷霆。

刘红立的这首诗形象、准确，丰饶而又节制地表达了大多数中年男人的某种生活和精神状态。本该"下午茶的时间/被挤进了地铁"，这两句诗歌提纲挈领，刹那进入，以简单而又准确的方式将生活的压力与中年的不自由坦陈出来，并且以闲适的"下午茶"和奔忙的"地铁"两个截然相反而又意指明确的意象，用以说出和抵达。接下来的"速度"即一种匆忙的人生状态概括与确指，进而以"低于""嘈杂""墙壁上恍惚的广告""那人""欲出未出的轨道"等等具体意象进行急速的递进，加大了诗歌的内涵与外延。看起来是一种告知与阐释，但诗人并没有明确地把自己的情感和想法和盘说出，而是以隐晦的、有意味的方式，让诗句和意象自己说话，并且用这种紧凑的方式使整个诗歌呈现出一种自由的力量与辐射的亮光，由此带领读者进入他制造的诗歌艺术情境当中。

"并行不悖的躁动"实际上是对世相和人、人心的一种观察。在众人和他人面前，我们都看起来"彬彬有礼"，这是修养，也是掩藏。而"远方鱼鳞云下/一句低于尘埃之语""'太拥塞了'"这样的跃进式的表达，对于全诗的提升作用是巨大的，同时也让人在阅读中有了惊奇之感。所谓的"佳句天成""神来之笔"莫过于此。（杨献平）

北园路是一条宽阔的大马路

/ 李洪光

北园路上住着三个诗人
轩辕轼轲，白玛，刘瑜
北园路上住着三个兄弟
老丁，老杜，老任
北园路上住着六个我
青年的，中年的，老年的
前生的，今生的，来生的

原载微信公众号"坡度诗社"2020年6月17日

评鉴与感悟

先是发现一条路和我的隐秘关系，从而建立和词语的隐秘关系。平铺直叙，平中见奇。（老木）

秋　隐

/苏小青

说是秋天了,却未见你归
雁子南去,捎走一声问
我在平原逐渐干枯,失去水分后
泥土开始板结;你消失,许是被雨滴带走

我嗅闻你的味道
书房笔墨的味道,茶案凝思的味道
窗台疏影的味道——直到没有任何味道
中秋,被偃旗息鼓的虾蟹预告

橙黄色的圆月无可替代
这明喻穿越千载,别无他用
我已不再计算年龄
这魔咒令我逐渐苍老

窗帘公开我最新的身份:一个高尚社区的女隐士——
锄草,种花,摘果,喂猫

说是夜晚又深了，我低低地飞
总也落不到底。秋的底部是你手心

原载中国诗歌网"每日好诗"2020年9月23日

评鉴与感悟

从诗的标题即可看出作者的立意和主旨。秋预示着收获，也暗示着衰老，既有明丽斑斓的色彩，也有萧条凄凉的况味；隐，则表达了作者内心的状态与真味。

作者没有泼墨挥洒秋的明艳高远，而是呈现了"失去水分后/泥土开始板结"的萧索冷寂。"说是秋天了，却未见你归"，起句的失落奠定了全诗寂然凄清的感情基调。"你消失，许是被雨滴带走"，"我"只能在空荡荡的房间里"嗅闻你的味道"。你走后再未归来而留下了一切："书房笔墨的味道，茶案凝思的味道/窗台疏影的味道"，这一切让人感怀，而在这无尽的怀想中，时间消散了所有的味道。

此后的日子，"高尚社区的女隐士——/锄草，种花，摘果，喂猫"，做寻常的事，过平凡的生活。但这种平和不过是白昼的表象，夜深人静，"我"忍不住飞向秋的底部，因为"秋的底部是你手心"。这首诗有温暖，也有凄凉；有清醒，也有迷茫……在昼与夜、实与虚的相互映衬下，一份隐忍的感情显得隽永而动人。（蒋登科）

听　力

/漫尘

在一个不算陌生的江南小城
我不知道怎么会
躺在一张陌生的床上

听窗外嘈杂的市声
警车和救护车的鸣笛
彼此交缠
饭店的抽油烟机在轰鸣
甚至还有人的嘶喊
在烟雨迷蒙中
那么尖利

这些都掩盖不了
我清晰听见洗手间里
水龙头的滴水声
好像我来这里就为了听
滴水和它的回声

原载《诗潮》2020 年第 1 期

评鉴与感悟

与托马斯·特兰斯特勒默"我来这里是为了/和一个举着灯/在我身上看到自己的人相逢"不同，漫尘来到一个江南小城的宾馆，是为了在"警车和救护车"彼此交缠的鸣笛、"抽油烟机"的轰鸣和尖利的"人的嘶喊"中，听"滴水和它的回声"。在并不陌生的公共场域（城），诗人意识到安顿生命个体的空间暗喻（床），具有一种无法追溯的陌生感。耐人寻味的戏剧化情景营造，让接下来的两种聆听（窗外和室内）显得清晰可辨，并形成互相映衬、此消彼长的诗意动态。

好诗人应该具备两种听力，一种是聆听向外的世界——"嘈杂的市声"，一种是聆听向内的生活——"水龙头的滴水声"。写作犹如一间熟悉而陌生的宾馆，诗人置身于内外两个空间的阻隔处，既不逃避现实世界对左耳的声音入侵，也随时空出右耳，以对个体细微之音的自我聆听消除前者造成的听觉紧张，缓解生命的焦灼感和写作的不适感。西默斯·希尼说，所以"我写诗/为了凝视自己，为了让黑暗发出回声"。而漫尘的写作，自觉接受外部世界的粗粝拷问，为了更静定地聆听——与个体生命真切相关的——滴水和它的回声：湿润，微弱，在场，神秘。（徐俊国）

从惊蛰开始

/ 亚楠

积雨云垂挂在半空，像一只
困兽
张开的巨口

小草开始吐绿
不经意间春风就来了
清除残雪
好让雨水更丰沛一些

细微处，春色
被布谷鸟的叫声渲染
有如禅意

我走出思绪
在细雨中看远处的桃花
怎样留住时光

似乎一切都在改变
渐渐地
仿佛一泓清泉流进了
荒芜的心田

原载《作家》2020年第9期

评鉴与感悟

大自然对生活在伊犁的诗人亚楠来说具有一种特殊的亲和力。从惊蛰开始，残雪消融，万物复苏，莺飞草长，春雷始鸣，不仅惊醒了蛰伏于地下冬眠的昆虫，也预示着北国真正的春天来临。一片风景便是一个世界，一种自然化育一颗心灵。从惊蛰开始，清泉开口说话，春天便开口说话。亚楠的这首诗，正是抓住了"惊蛰"以降的节气特征，在自然与人、风景与我、禅意与心的同化中，澄怀味象，体物得神，里应外合，主客呼应，于自然的美与美的自然中，捕捉到了春回大地的活性、平易亲切的情感和真挚动人的诗意。（崔国发）

云水间

/ 刘大伟

在湖畔,它们更愿意是雪山
有着圆润的峰峦、隐忍的沟壑
虚空的怀抱里,涌出抒情的河流

而眼前的蔚蓝是不能平静的
需要把山的倒影分割成碎银
任由过路的风阵抚平一湖烟尘

这时候,草木之根就会轻轻颤动
如佛加持万物生长。源自大唐的涛声啊
走了这么久,才肯在你身边停留

没有解缆的轻舟,也无乡愁的渔火
只有一绺云的白发落在湖面上
让你在不断的诘问中弃绝远方

原载《湖南诗人》2020年第3期

评鉴与感悟

雪山，湖泊，云朵……这是一帧笔墨清新的油画，符合读者对西部高原的基本想象——遥远、高寒、空旷。高原的独特性是否仅限于此？这首诗可能给出了不一样的视角和感受：静谧。《淮南子·主术训》云："非淡泊无以明志，非宁静无以致远。"正是有了这样的静谧，才有了读者想象中的那份遥远。那么，离我们很近的究竟是什么——忙乱的工作、加快的节奏、无可消除的疲惫与亚健康、令人失望的喧嚣与无厘头……不得不说，每个人都在紧咬牙关，与严酷的生活和不确定的命运抗争，浑身的神经都是紧绷的，脸上的笑容也是经过修饰的，一切合乎秩序，却又索然无味。此时，大自然便成了我们精神的避难所：一棵开花的树、一片洁白的云都有可能触动"被格式化"的我们。诗歌《云水间》可能在诗艺上没有多少惊艳之处，但在字里行间散发出的安宁、开阔和恬淡气息，却是令人着迷的。阅读诗歌，读者仿佛遇见了真实的西部高原，扭结于心的诸多纷扰瞬间散开，每个人都愿意将自己像一棵小草、一条小溪那样融入自然，并能感受到蕴藏于安宁中的那份特有的力量——不是用来追逐远方，也无须刻意证明什么，你就那样静静地欣赏云朵与蓝天的黄金分割，大山与河流的相依相随。如此安详的画面，唯有安静的心灵才能与之对话，这样的姿态可以谓之"对古典的回望"，也可以看作"对当下的反思"。

（刘发萍）

夜

/ 龙少

雨打着玻璃窗,那是夜半时分
院里的路灯带来朦胧而细微的光芒
像一种试探。我没有开灯
夜晚是属于星辰的,属于它们
用沉寂营造的平静
尽管现在看不到
但它们肯定在自己的世界里
俯视着我们,俯视每一扇窗
和窗前慢慢生长的草木
风起的声音很轻
我想象它在窗外挑拣落花的情景
是如何地轻拿轻放,如何绕过一朵
半开的骨朵,像绕开一颗浅紫色的心
而很多次,我路过家乡的河流
也会想象那些星辰曾在流水里洗漱
它们年轻的样子,让整个夜晚
都闪闪发光

原载《草堂》2020年第3期

评鉴与感悟

这首小诗有两个意象让人印象深刻，一个是夜，一个是星辰。夜是我们人生的背面，它通常是属于睡眠/梦境的，因此它也是存在于一种非存在状态的。夜也是天然属于诗的，只有诗/梦能真正深入黑夜。这首小诗写的是醒着的夜：雨夜，夜半。严格来说，醒着的夜并不真正属于夜，它是夜的一种面相。路灯、寂静、微茫，都是夜的面相：醒着的夜。能进入醒着的夜，至少说明她是和自己在一起的，回到了一个人。如果能进入夜的内部/梦境，则意味着进入自我的内部——狄俄尼索斯的部分，也进入了诗的内部——诸神的世界，那是难的。星辰意味着另一个空间——大地之上的无限空间。我们当下的城市文明已经遮蔽了星辰，没有天空了。没有天空也就失去了诸神，大地上居住的只有列祖列宗。诸神隐遁之后，人就失去了存在的尺度。人以自我为尺度，自我裁量，自我夸耀，列祖列宗都是自家人，一切都好说。诗可以重新召唤出星辰，召唤出尺规。在星辰的关照之下，必有一死的人才能克服有限的荒诞感，进入另一个空间。

于是，有了星辰之后，大地上的一切也就变得不同了，落花、流水也仿佛换了模样，"它们年轻的样子，让整个夜晚/都闪闪发光"。（朵渔）

米堆冰川

/陈人杰

米堆冰川，青天下
最高的宁静

也是一粒粒的宁静
细小、慢、纯粹的宁静
成就天地大美
高冷、孤绝，为了永生之卵

倏忽之间
雪花，不被融化的冰雕
拒绝雄鹰、落日的拜访和岁月的回望
只有砥砺的寒光，被称之为最后的、纯粹的精神

波密城活在清冽中
倒影被一片云轻轻压住
桃花仅此一个源头

原载《诗刊》2020年1月上半月刊

评鉴与感悟

纯洁与宁静，是诗最本质的属性之一。高原上的冰川与湛蓝的天空、清冽的空气，在一首诗的天地中相得益彰，相互成就。是的，真正的冰川是一个孤独而高贵的巨人，即使如雄鹰、落日这等意象，它都可以拒绝，包括"岁月的回望"所暗喻的时间。而"砥砺的寒光"会以一种抽象而极致的力量杀伐一切，然后让世界随着最初的一朵桃花轮回，重新开始。（李木马）

光明的事物

/邰筐

一个因白内障失明十年的牧民
突然得到了光明，他干的第一件事
就是趴在草原上
一棵一棵地去数草
一只一只地去数羊
一头一头地去数牛
到了晚上，他又
一颗一颗地去数星星
他说有些东西揣在心里太久了
事物各有其所，要把它们
一一送回原来的地方

原载《建安》2020年第1期

评鉴与感悟

真正的诗人就是那些拥有灵视之眼的人,在事物的内里和拥挤的事物之间发现新的事物。的确,现实世界中,对我们所拥有的,往往会熟视无睹,更容易患上白内障和色盲症。浩大如草原的世界上,又有谁不是一棵草或一只羊。但即使你是一颗石子,只要能够生出想象力的翅膀,就可以成为闪光的星粒。真正的好诗,本身就是分行的寓言。(李木马)

也 许

/巴图苏和

又一次
睡在曾经的家里
那是一座蒙古包
也可以是一棵草的根须
在这里酣梦

我梦见
草原在梦中溃败成一副
千疮百孔的盔甲

我从上帝的后门找一扇窗户
仰望银河,坐观彼岸花

总认为驼峰比山高
比沙漠更恒久
哦,驼峰应当也是一座座山峰
骑上它

山就是我想要的高度

也许，此时我会醒来
把梦整理后放回原处

原载微信公众号"赤峰文学"2020年11月26日

评鉴与感悟

读巴图苏和的诗，需要静心细心，需要摒弃杂念一心向内，才能感受到诗真正要表达的内涵。《也许》就是这样。诗歌让时空错乱，让现实与梦境颠倒，把草原的破败用梦境说出，表达了诗人对现实生活中草原凋敝的惋惜和无奈。一般的诗人，多在梦中表达美好之事，在梦中完成无法实现的理想。但巴图苏和却与之不同，他反其道而用之，把现实的丑陋借酣梦说出，既指出人类对大自然的破坏，又传达了面对这现状的个人情感，构思巧妙奇特。将驼峰与山峰做比，表达出作者高远的志向。（张玲玲）

最后的山庄

/ 崔友

还剩下，7 户，12 口人
留在村庄里了

乌鸦算不算，麻雀算不算，落日算不算
门前的河水干枯了
里面住着的蚂蚁，算不算

墙角里的辘轳算不算
轧场的碌子算不算
坐在柴门前的咳嗽算不算

如果这些都没有原来浩大
筐子里的这些蘑菇
算不算？要知道，在潮湿的环境里
它们始终爱着，一块木头

原载《建安》2020 年第 1 期

评鉴与感悟

一首好诗成活的关键,在很大程度上是找到恰恰好的语感与节奏。如我们爱听一个人说话,你不会太在乎说什么或讲多有趣的故事,或多深刻,这些真的不太重要。最后的山庄悲凉得令人感伤,7户,12口人,除了孤寡老人、光棍,可能就是爷爷奶奶守着孙子孙女。的确,村子里的人越来越少了,像真正踏实写诗的人一样。当一首诗的环境形成,诗意氤氲弥漫的时候,诗人没有忘记,语言命中靶心之后,在结尾再用力推一下,让灵光从穿透的箭孔漏过来。(李木马)

我就在你的眼前摇摆

/ 雨倾城

想找个有你的地方，住下来
青草般宁静
在你路过的每一个清晨，写诗，做饭，栽红杏，种五谷
著我最爱的小碎蓝花布裙
哪儿也不去。我就在你的眼前摇摆
哪儿也不去。如果，你想我
我越来越绿，越来越暖
越来越新鲜

茶几上的书，和我有着相似的满足

原载微信公众号"天天诗历"2020年6月29日

评鉴与感悟

世上不乏感天动地的爱情诗，也不乏千古绝唱的爱情诗，更不乏卿卿我我的爱情诗。那么，在上述爱情诗之外，是否存有不腻、不甜、不喜、不悲的爱情"素诗"呢？雨倾城的爱情诗多少让我眼前一亮。她的爱情诗，有痛（单相思），但不悲："想找个有你的地方，住下来/青草般宁静"。这种隔岸"观"情、隔岸"痴"情、隔岸"滋"情的"宁静"，其实并不宁静："在你路过的每一个清晨，写诗，做饭，栽红杏，种五谷/著我最爱的小碎蓝花布裙"。在这并不宁静的"催"情、"护"情之中，诗人一点都不矫情，也不煽情，而是"哪儿也不去。我就在你的眼前摇摆"，给人不愠不火的姿态。随着"如果"假设句式的出现，这首爱情诗的"素色"之处显露无遗："如果，你想我/我越来越绿，越来越暖/越来越新鲜"。这是对单相思的爱情不可复制的表达，也成全了单相思的满足感与成就感。最后以"茶几上的书，和我有着相似的满足"为单相思定性和定调。（卢辉）

我们的清晨

/ 海饼干

清晨，火烈鸟
在湖边聚会。相爱的人
看不见热烈以外的颜色。
"我的眼睛里有什么？"
"有我。"你平静地说。
傍晚，火烈鸟把头埋入夕阳
夜一点点吃掉这
热烈的颜色，像吞下一顿
平庸的晚餐。我站在黑暗里哭泣
像所有失去了什么的人一样。
你站在远处观望，游到
岸上，你褪掉最后一团火
回到那个曾经燃烧过
我们的清晨。

原载《星星》诗刊2020年第2期

评鉴与感悟

海饼干的诗一般简朴而精致、沉静而又热烈,在风格上构成一种富有张力的平衡。短诗《我们的清晨》就是这种风格的典型体现。诗作讲述了一个司空见惯的失恋的故事。如何为这个故事赋予诗意,这是对诗人技艺的考验。诗作选择了火烈鸟这个意象来与"我们"的故事"对位",让火烈鸟的命运与"我们"的命运相互映衬、生发,火烈鸟热烈的颜色及其爱情喻意,与"我们"热烈的爱情对位,而火烈鸟被黑夜吞没的景象,也对应着"你""我"之间关系的破裂与爱情的丧失。这种复调结构丰富了诗作的内涵,使其主题由抒写爱情的失落扩展升华为对世间生命之悲剧命运的沉思。火烈鸟这个非本土化的意象所具有的陌生感,也为诗作本身带来了恰到好处的陌生化,给阅读带来了冲击力。此外,这首诗在语调上隐忍、克制,让诗意不是在抒情中而是在叙事中呈现。诗作设计的对话与对"你"的动作的描述,极具概括力和表现力,在不动声色中生成强烈的悲剧效果。(刘康凯)

雨天在放过去的一部电视剧

/ 黄浩

我时常记得过去夏日的蛙鸣
知了的叫声和着绵延的雨天
一场从天而降的大水冲走了
儿时的伙伴,如今他的坟丘
孤零零地在他淹死的地方
芦苇和茅草覆盖得严严实实
好像害怕这个童年的噩梦惊醒
大水过后村庄里满地垃圾
许多年藏在地下的秘密被人记起
大水还冲垮了许多坝沿
多年不漏的房子开始坍塌
河里的芦苇被大水包围
光棍汉小炉匠纵身跃入水中
人们捞上他来时肚子鼓得像蟾蜍
狗在抢粪便,马和驴在交配
年轻的母亲在制造炊烟
孩子们在为一场打老牛的游戏争吵

天愈来愈黑,月亮如镰刀狰狞
我在为一盘棋落子犹豫
棋没下完人转眼白了头

雨天在放过去的一部电视剧
死去多年的人都重新活了一遍

原载《山东文学》2020 年第 5 期

评鉴与感悟

读黄浩的这首《雨天在放过去的一部电视剧》,看到了他对内心的自我解剖与珍贵记忆的重现。无疑,诗就是他情感、经验和记忆的重现,也是他进入无意识的领域去捕捉那些隐而未现的"秘密"。蛙鸣、蝉鸣、雨天,以及置身于这些场景中的人物,共同构成了诗人的心理图示。读他的这首诗,就有一种观看一部微型电视剧的感觉,诗中不断切换的场景,就像涌来的一浪又一浪,你被这些目不暇接的事物和人物所裹挟,与诗人形成了一个短暂的情感共同体。"电视剧"的意象,对于诗人来说,就是一个让"死去多年的人都重新活了一遍"的道具,是那些"光棍汉小炉匠纵身跃入水中"的死亡事件的故事化与戏剧化的呈现,这样就产生了一种安全的审美距离,死亡只是上演的一个剧目,是一种艺术真实,它冲淡了死亡的黑暗色调与悲剧感。或者说,这些流动的意象和情感,就是诗人内心的后视镜所看到的真实发生的景象,是诗人使用词语的胶片播放内心的剧集来缓释内心的焦虑与痛苦。(纳兰)

旧相片

/ 邵纯生

我斜倚着窗口仰视你：贴墙站立
这么多年，腰椎病肯定好了
眯缝着两只细眼，似笑非笑的模样
脸上溢出的油渍弄旧了相框

你一直都是这样安详地瞧我
似笑非笑，暗自猜测——
自己散淡的眉毛，近视眼
铁轨一样伸往未知的抬头纹
如何分毫不差地搬到这个人身上？

忽觉心口紧了一下，又紧了一下
我扭头避开相片，用力掖了掖被角
肚脐边一粒私密的胎记和命根
跟着，紧了一下

我必得经受住这种眼神的盯望

这个一言不语俯视我的人

多么像百年之后我站在那个地方

原载《诗刊》2020年3月下半月刊

评鉴与感悟

《旧相片》呈现出两重视角：看与被看。

"我"在看旧相片，看旧相片中的"你"。"你"是谁？作者没有说，从"仰视"的角度看，应该是长辈。从"腰椎病肯定好了""安详"等字眼看，应该是一位长者。"我"通过旧相片看到旧岁月，缅怀旧岁月中的亲人。

"你"在看"我"。"似笑非笑，暗自猜测——/自己散淡的眉毛，近视眼/铁轨一样伸往未知的抬头纹/如何分毫不差地搬到这个人身上？"这种视角，看出了一个"非己的自己"，血缘和遗传发挥了作用，使前辈与后生在岁月纵深里趋同，面相越来越一致，越来越像一个人。

还有看不见的。"我扭头避开相片，用力掖了掖被角/肚脐边一粒私密的胎记和命根/跟着，紧了一下"。不管是下意识还是刻意的动作，"私密的胎记和命根"都在暗中更进一步揭示生命的秘密渠道，那种亲情背后造物的奥秘。"我必得经受住这种眼神的盯望/这个一言不语俯视我的人/多么像百年之后我站在那个地方"。经得住"盯望"，即是要经得住那盯望中的期许，不可"不肖"，不可阻断生命秘密流通的渠道。如此，当"我"百年后"站在那个地方"（相框里），以同样"似笑非笑，暗自揣测"的眼神俯视后来者，生命的密码也必定会清晰传递，彼此相认，都是"非己的自己"。

亲情的传递，如此这般，延续下去了。（唐翰存）

苍 茫

/风言

一滴咖啡，不安
抖颤
沿着杯口下渗
杯壁上淡褐色的挂痕，像一次
没有女伴的徒步旅行
"我用咖啡匙子量走了我的生命"①——
灵魂钟表
——指针滴答的回音，将你前额反光的厚度
无声磨损

"看在上帝的分上，闭上你的嘴
让我爱吧"②
吸引，肇始于距离对美的持续性误读
移情——修辞的应许之地
——引力坍塌后

---

①引自艾略特《J·阿尔弗瑞德·普鲁弗洛克的情歌》
②引自莎士比亚《李尔王》

视觉盛宴在写作伦理中的一次
小小失身

砂糖——甜蜜的白色说谎者——
是舌尖上的假声在你复垦的双唇间
物哀的攀附
道德清单——药品广告的抒情
无法言说的部分
由咖啡的苦味代偿
——客人离去的容器，空空如也——
也，却收获了生死的契阔，和
疼痛的分层

不安，来自帝国大厦101层观景餐厅
318米垂直海拔恐高的晕眩
——更大的不安，是你25公分长的性感迷你短裙
所遮蔽的部分
——这十二级大风引起的苍茫
让一个密闭的空间连绵不绝，或
空空荡荡

原载《山东文学》2020年第9期

评鉴与感悟

风言的这首《苍茫》以一种内心独白的方式呈现，折射出现代人情感的隐秘、动荡，以及人性的幽暗与晦涩。整首诗由一滴咖啡切入画面，继而将镜头推近，定格在"杯壁淡褐色的挂痕"上，并将其比喻成"一次没有女伴的徒步旅行"，奠定暧昧的基调，以此触动对时间流逝的哀叹，暗含对情感欲望的需求，而距离与美感的定律，则印证

了人与人之间某种情感的脆弱与浮浅，如同第三节中砂糖之于咖啡，通常人们喜欢在咖啡中添加砂糖，以缓解咖啡的苦味，很难说不是一种依赖、麻醉或者逃避。该节短短数行，却将"苦与甜""真与假""是与非""虚与实"进行充分辩证，直到"客人离去的容器，空空如也"后重复的"也"字在晦暗中一语道破——"空"也许才是最真实的存在。最后一节中，318米和25公分又形成了一个强烈的对比，不安的情绪仍旧在加重，似乎象征着人性与自我情感、欲望本能的永远无法和解。纵览全诗，除了两处引用，"我"几乎是被隐蔽了的，但"我"又无处不在，既是亲历者，又是旁观者，由此更增添了几分幽秘的况味。（陈萱）

暮 晚

/马累

早春的暮晚，
天气温良。陪父亲
出门看望故人，
一路无语。还是
寻常的景色，乡村
碎石小路的尽头，
夕阳再一次陷落于
沉默、虚幻的山峦。

父亲不疾不徐地
走着，大黄狗不紧
不慢地跟着。他们并不
关心充满忧思的我。
我忧思的是：内心的
巨兽陡峭如雪，如
遥远的祖母浊目里的
那些榆钱儿。而当下的
诗歌，依然大面积地

沾满市侩之气。

如今，我越来
越喜欢暮晚的旷野。
我的眼睛越来
越适应无边的
暗淡与斑驳。仿佛
我所指的、我想要的，
都在其中堆积着。

当我试着从父亲
星光般安静的目光中
找出那些早已被
抛弃的词语和造句。
生活的本质在于认清
当下的粗鄙，然后
安放人间的万物
于心胸。当夕阳陷于
群山，那晦暗的
力量。

原载《雨花》2020 年第 7 期

评鉴与感悟

马累这首《暮晚》，语言朴素干净，意境开阔辽远。从与父亲在暮色中看望故人说起，有大黄狗跟随，给读者一个辉煌且渐渐晦暗的画面。而在这庸常的生活和事物中，作者所关注的，恰恰是内心的另一个暮晚，精神层面的，不为人知的那部分。他说："我忧思的是：内心的/巨兽陡峭如雪"。在普遍市侩之气的文学状态下，如何保持自我的纯粹,是作者最为关心的。随着时间的推移,人到中年,作者也安于这人世的斑驳和沧桑,也从中感受到那些堆积的,晦暗中隐藏的力量。(杜立明)

我们要热爱雨水

/小西

夜里，一些坚硬的事物在瓦解。
从雷声里
我能分辨出一棵树在抽泣
似乎所有的问题都集中到叶片上
椭圆的，或是狭长的
它们正置身于一场暴雨中
我们也是。
只要打开窗，伸出手
就能摘下一片颤抖的自己。

原载《诗刊》2020年3月下半月刊

评鉴与感悟

这是一首非常主观的诗,我喜欢的,正是它的主观。诗人建立自己的情绪和判断在她所知道的每一件事物上,所谓坚硬的事物在瓦解,所谓一棵树在抽泣,所谓所有的问题都集中到叶片上……物本无知,人谓其是,便是。诗歌写作大抵如此。诗人的脆弱于这一个雷暴雨之夜愈发放大,仿佛意志已处于崩溃边缘。物在瓦解亦是她在瓦解,树在哭泣亦是她在哭泣,所有的问题集中到叶片上亦是集中到她身上。是的,她就是这一片叶子,雷暴雨之夜无遮无拦被击打的颤抖的叶子。仅从正文,我们或许应该替作者笔下的事物和"我"悲伤,但突然间回看题目,诗人竟然说,我们要热爱雨水。热爱这让事物瓦解、让树抽泣、让叶子颤抖的雨水?隔着诗句,我听到了作者赌气一般喊:我们也是,我们也是暴雨中瓦解的事物、抽泣的树、集中了所有问题的颤抖的叶片……该来的总该来,该来的就让它来,我们一样热爱。何其任性,而任性恰是我喜欢这首诗的又一个理由。(安琪)

讨 伐

/ 芒原

"好刀就要用在刀刃上！"
我整天都在细细地琢磨这件事
什么才算得上好刀
什么才算用在刀刃上
我能不能——
成为一把好刀，它需要具备哪些属性
譬如，能不能削铁如泥、疾恶如仇
能不能杀气腾腾、呼之欲出
等等……仅是这样，我就被它
折磨得喘不过气来，被它一直拷打
有一次，我回老家
看见父亲在砧板上切菜
这个曾经跟我说过这句话的男人
这个几十年很少动刀的男人
正安静地，笨拙地
一次次看准了握在手上的土豆
切片，拉条

一刀，一刀，又一刀

原载《边疆文学》2020年第5期

评鉴与感悟

芒原的诗法，更多体现的是一种原初和原始，土地的、自然的、万物的。他叙述的耐心来自他对既有生活和文明悖谬的一种理解，然后通过诗的形式表达了出来。而这种悖谬，不管是对立的还是统一的，最后总能读出一种温情和宽厚。

题目《讨伐》略显突兀。前半节思辨，后半节叙事；前半节略显平淡，后半节始入诗眼；前半节是铺垫，后半节是点睛。讨伐为何？成为一把好刀，并且削铁如泥、疾恶如仇……但实际上，无论是在现实中还是语言中，人本身却成了刀的囚徒，"被它一直拷打"。

作者快速提了节奏，执意成为一把"好"刀且一定要用在刀刃上的念头，让这首诗一开始就立于危险的境地，当然也是它的成功之处，用岁月和时间化解一切。如果我们延伸一下，不必成为那个大家所称赞的"好"刀，而只是一把刀，做着自己该做的事情，我想那又是一种境地，它作为一首诗也是成立的。

而这个时候，这首诗的结尾恰恰成了它的开头。（吴小虫）

诗　歌

/周簌

面对一张白纸
我完全不知道要说些什么
她从哪儿来？何时来？
她或许从北方冬天结冰的湖面

从静谧的河流、突然消失的人群
从铁轨外一丛安静的野菊或田垄
天空中孤鸟飒飒飞行的暗影
大雪的阵痛，群星神秘的序列中

在灵魂缺席的夜晚
众多弃儿，通过词语的阶梯涌入
宁静的鲜花路。盲人摸索那火光
苦行僧侣一身洁白

当你感觉灵魂，被柔暖的白云拥簇着
你写下了第一行

当你在至暗时刻,怀着非人的痛楚和叹息

你写下了第一行

原载《星星·诗歌原创》2020年第8期

评鉴与感悟

我们不得不停止试图表明诗歌和诗歌语言的真相,无数人做出相反的努力都告徒劳。可是这并不影响诗歌黑洞般的魅力和吸引力,当诗歌发生时,你在场或者返回到语言保留下来的现场,就已足可说明诗歌确已经发生。周簌的《诗歌》,当然不是在试图表明一个真相,也不是在坦陈属于诗人自己的诗歌发生机制,依然是在说出有关诗歌的可能性,有关诗歌时间的、空间的、词语的可能性。这里得从方法论的角度引出"元诗"的说法,在诗中谈诗,词与物的缠绕形式也一定变化多端,但最终会指涉命名方式的不可坠落,不可坠落即是可能性。需要指出的是,这首诗中出现的物词:纸,冰,湖,河,人群,铁轨,鸟,花等等,如果只是停留在一般文学意义上的指称,就一定把这首诗读小了。诗人借助词语在诗境中的探索和冒险,于其自身别有深意,对每一位沉浸、热爱诗歌这门手艺的读者而言,何尝不是个提醒和启发。(黎业东)

绿雪芽记

/ 叶瑞红

籍贯太姥山　地址鸿雪洞　邮编一片瓦
养在幽谷人未识　绿衣少女　娉婷玉立
沐雾霭　饮清露　听清风鸣蝉　与白云为伴
春风一夜生萌芽　岁岁旗枪森如玉
忽一日　被纤纤素手摘下
一片叶子　和无数片叶子
在一只背篓里相逢　跟随采茶姑娘回家
一片叶子羽化成茶　与你相遇
必须翻过两座山　趟过三条河
在箕箩里晒　在热锅里炒
在案板上揉　在炉子上烘　犹如凤凰涅槃
九九八十一难　缺一不可
最后　一杯香茶在你案头　袅袅香气升腾
仿佛山涧氤氲烟岚
啜饮一口　两颊生津　舌底鸣泉
有山谷的味道　有清风的味道　有露水的味道
有烟火的味道　有生活的味道　有沧桑的味道

然后你盯着一枚茶叶　在杯子里浮浮沉沉
仿佛已替你走完　漫长的一生

原载叶瑞红个人微信公众号 2020 年 9 月 26 日

评鉴与感悟　　咏物诗是中国古典诗歌的传统，往往借物以抒情以明志，这首诗的不同之处在于把绿雪芽白茶写得摇曳多姿，充满了人性的光辉。（老木）

当我注视一只奔跑的蚂蚁时

/ 高凯

老的速度
真是太快太快了
但当我注视一只奔跑的蚂蚁时
我的老慢了下来

年轻的时候我多么像那只蚂蚁呀
那只蚂蚁多么像我年轻的时候

如果蚂蚁最后跑出了我的视线
我就不想在人世间老了
而是在蚂蚁部落
慢慢去老

原载《草原》2020年第3期

评鉴与感悟

高凯写诗有明显的特点，我一直在关注这方面的情况，比如，又是哪个人物、什么事件，或者是哪个词、哪一个字，又一次触发他的创作灵感，一发成觞。读他的诗，除了惊叹他的敏锐，也在看他用什么工具在"造诗"。这一次是只蚂蚁，是个慢字。一只奔跑的蚂蚁能让我的老慢下来吗？大小相差万倍。其实一只蚂蚁永远只能在诗人的视界里奔跑，就像我们跑过的几十年，在天地永恒间几乎没有挪动一步。高凯会调侃和宽慰，所以说我年轻时像一只奔跑的蚂蚁。其实，我们都曾经是一只奋力奔跑的蚂蚁，现在还是。

悟见这个，于我们的人生观并不矛盾。高凯看到，想到，写到，因而他才是一位天才诗人。让我们在蚂蚁部落里慢慢去老，我喜欢这首短诗。（杨漪）

献 词

/安然

这杯必将举过我们的头颅
敬宁静、永恒、璀璨、一种洁净
和体内的辽阔

敬尘埃中的短暂和永恒
马蹄踏过月光
我尝试用无尽的哭泣
赞美你歌声中涌动的惊喜

我尝试在暴风骤雨中
拾取翠绿的影子
和一个干瘪的自己
献给你，和你的人民

原载《长江文艺》2020年第10期

评鉴与感悟

读安然的这首《献词》，犹如进行一个庄严肃穆的献祭仪式。她的这首诗充满了灵性和宗教性。你会随着她变得虔诚起来，小心翼翼地举杯、祝祷和献祭。但她举杯和敬的时候，她就是在和至高者对话和"象征交换"。这无关宗教和神学，而是一种抽象的美学变成了诗人经验到的璀璨之美和洁净之美。正如诗人举杯敬的是"宁静、永恒、璀璨、一种洁净/和体内的辽阔"，一切美的和善的，都值得成为敬拜的对象，敬拜的既是看不见如洁净般的内在品质，又是看得见的"尘埃"和"马蹄踏过月光"，所以，这"敬"显得充分和丰富，一个人的心灵也在这"敬"的过程中彰显着金子般的品性。她既献出了诚实之词自然之词温润之词，也同时献出了一颗心。所有的暴风骤雨都是成就、陶铸她的"化妆的苦难"和"赐福的比喻"，"干瘪的自己"也在完成献词之后，重新变得富足起来，如"翠绿的影子"。这是一种轻微的泛灵论，是某一时刻颖悟到的灵性资源的富足，她是一个人某一刻的澄澈与明净、某一瞬间的饱满和辽阔。（纳兰）

寂 静

/蓝野

正午的山谷，寂静
和阳光一样
罩住万物

除了我的脚步和呼吸
大山和我构成的世界
这空茫的音箱，就只有咚咚的心跳了

——草丛里突然飞起一只蚂蚱
翅膀划过空气，呼啸中
将寂静刺破……

山峰似乎颤抖了一下
我大声惊呼，像一个躲避山崩地裂的人
夺命逃奔

——四十年后，我再次经过这里

寂静的山谷中
没有遇见腾空振翅的昆虫
只有飞掠而过的时光
让我惊诧不已

原载《桃花源》2020年第3期

评鉴与感悟

在诗人笔下，山谷的寂静在正午体现出"顶点寂静"的纯正性。亘古如斯的大山、从这里走过的我（也代表着人类）和"草丛里突然飞起一只蚂蚱"构成了微妙的几何学三角关系。寂静是世界的本原，寂静中又悄然酝酿与孕育着万物无数巨细变化之可能，甚至不排除"山崩地裂"。四十年后诗人走过熟悉的山谷，忽然忆起儿时似曾相识的情形——一个孩童对世界的敬畏与恐惧——那是创世纪一般的感觉，这种感觉中也包含着人与自然的本质关系。北爱尔兰诗人西默斯·希尼曾说：不断前进的诗歌教我们做一个文明而敏感的人。我熟悉的诗人蓝野，很好地保持了这种"文明的敏感"。（李木马）

蓝花楹

/ 碧碧

隔着一条河远远望你
在盛夏午后
全神贯注于——蓝花楹
花语的细节
滴答零落的微妙

或许以蒙蒙雨丝
笼罩的整体角度
去咀嚼你
这种契合适度的距离
有上善之水，运至丹田

深陷于"心斋坐忘"
的英式下午茶吧
视线模糊的彼岸，恰逢
一丛丛，温柔释放处
紫色火焰袭人

第一次在麓山国际高尔夫

遇见树中最好听的名字——蓝花楹

为你高耸云霄

蓬勃枝头婀娜的蓝光

吸尽眼球

灵感与创造……

心潮碰撞，花楹蓝遍姹紫嫣红

府河人家，撑起灵栖的净土

宛若"蓝薇塔"咖啡馆的塔顶之光

同出一辙的神奇

在珠莲碧荷之季

心安蓝花楹

原载喜马拉雅音频分享平台2020年10月22日

评鉴与感悟

如果以树喻诗，依依杨柳是旧体诗词，那么蓝花楹就是翻译过来的现代诗了。蓝花楹原产南美洲，近年引进到我国南部地区。它的形象气质以及色彩语言与玫瑰和郁金香有些相似，颇有些诗意缱绻的现代艺术意味。诗人在成都府河人家，隔河望树，类似雾中观岚，距离感产生朦胧之美。特别是"蒙蒙雨丝中"的"花语的细节"在"契合适度的距离"和角度出现了"滴答零落的微妙"，给读者带来身临其境的微妙感动。对张开艺术毛孔的诗人来说，片刻出神约等于灵魂出游，带回来的是灵感。而古典意境与西方现代意象的"心潮碰撞"生发出"紫色火焰"，则让人在对诗意的安然认领中心头一热。（李木马）

青海的秋天

/周占林

这是我在北方绘制的一幅山水
错把春天放进画盘
只要有水
这个秋天会更加湿润

我挥了挥笔
在早晚的巨大温差中
一片片油菜花
向我露出一张张亲切的笑脸

有只雄鹰在青海湖的上空
动了动翅羽
白云便一片片飘落
那头迷茫的牦牛
把秋天一点点咀嚼

诗人们不小心的脚步

踩碎了
我小心翼翼带给这个秋天的
所有词语

原载《巴音河》2020年第4期

评鉴与感悟

"在北方绘制的一幅山水"说的却是"青海的秋天"。"错把春天放进画盘"的一个"错"字，将诗意的张力悄无声息地表达出来。水、鹰、油菜花、白云、牦牛……这些典型的"青海意象"是眼前呈现的，也是诗人挥动想象的画笔描摹出来的。最后，这些饱含诗意的意象被顺理成章地收入"诗人"这个"容器"，诗人的"内家拳"功力可见一斑。占林作为诗坛"老剑客"，还在这首诗中保持了一种含蓄的韵致与风度，面对大美如画的青海之秋，诗人"在早晚的巨大温差中"将内在的激情保持在一种从容静敛的超然状态中，"小心翼翼"地把青海之秋的语词，打磨出内在的诗意光亮。（李木马）

早春某日独坐

/ 芷妍

春天和出生与死亡一样
总会到来

风声娇嫩，
路过湖水、天空、树枝
草地、河流、田野
这些春天的衣服真美

所有的轰轰烈烈都在为沉默做准备
所有的美好都是分离的引子

时间，我不会欠你一颗生命
天地，你终究欠我一个圆满

原载微信公众号"兰芽小筑"2020年4月20日

评鉴与感悟

的确,独坐春天的温暖中,容易让人想到生死与感恩。在万物萌发的季节,诗人感觉到了娇嫩的风声,望见了湖水、天空、树枝、草地、河流、田野,进而透过这些表层的"春天的衣服",恍惚看到了事物原本宁静如初的本质,进而感悟到"所有的轰轰烈烈都在为沉默做准备"。是的,在天地之间,所有的生命只是一个过程,凡是从自然中诞生的生命最后都要顺理成章地回归自然。而透过有些悲凉的结尾,读者感到的潜台词是:在春天,了悟这个看到底的生命之旅,我们更应当有所作为。(李木马)

第二辑　文本细读
巨石从世界的高处滚落下来

巨石从世界的高处滚落下来
——阎安诗歌文本细读的批评实践

/诗作者:阎安　诗鉴赏:柏相

1.安顿
你看到的这个世界　一切都是安顿好的
比如一座小名叫作孤独的山
已经安顿好了两条河流　一条河
在山的这边　另一条河
在山的那边　还安顿好每条河中
河鱼河鳖的胖与瘦
以及不同于鱼鳖的另一种水生物种
它的令人不安的狰狞
天上飞什么鸟　山上跑什么狐狸　鼠辈
河湾里的村庄　老渡口上的古船
这都是安顿好的

你看到的这个世界　安顿好了似的世界
还有厚厚的大平原　有一天让你恍然大悟
住得太低　气候难免有些反常
而你也不是单独在这个世界上

下水道天天堵塞　许多河流　在它的源头
在更远处是另外一回事情　许多的泥泞
和肮脏　只有雷电和暴风雨才能带走

你看到的这个世界　被一再安顿好的世界
今天令你魂不守舍　你必须安顿好
愤怒的大河从上游带下来的死者
河床上过多的堆积物　隔天不过就发臭的
大鱼　老鳖　和比钢铁更坚固的顽石

你看到的这个世界　别人都在安顿自己
你也要安顿自己　但这并非易事
你必须在嫉妒和小心眼的深处　像杀活鱼一样
生吞活剥刮掉自己的鳞片
杀掉自己就像杀掉另外一个朝代的人
杀掉自己就像杀掉
一条鱼

接下来　时光飞逝
可能大祸临头甚至死到临头了
你依然是一个魂不守舍的行者
还在路上　为安顿好自己
还有世界内部那地道一样多疑的黑暗
匆匆赶往别处

细读：伟大的人物之所以能够伟大的原因之一，就是因为无论是生前还是死后，他们总是能活在时间之外。时间对于他们而言，虽然也有过去、现在和未来之分，但他们更多的只是在这三者之间穿梭，却很少在哪一个具体的点上做过多的逗留。

阎安的诗歌，比如《安顿》，就是这种时间意识的典型诗性展现。

这首诗的第一、二两节所展现的是诗人眼里时间的现在状态。山、河、鱼鳖、鸟、狐狸、鼠辈、村庄、老渡口、古船、大平原、雷电、暴风雨等日常物事在这两节多维交错，给我们描绘了一幅似乎一直被安顿好了的当下生灵的寓居百态图。

这首诗的第三节所展现的是诗人眼里时间的过去状态。诗人用魂不守舍、死者、堆积物、尸体、顽石等生命状态或生命结局，为我们揭开了时间的过去时态对人性、事物或人的存活状态所造成的恒性伤害。并且，这种揭开是诗性的揭开，与第一二节有所不同，侧重的不是呈现式的诗叙，而是当头棒喝式的启悟。尤其是既把时间过去状态里那些骄傲或者伟大的东西的神圣性或庄严感全部消解了，也让时间的过去状态从时间长河的淤泥里侧身而出，还原了时间的从不做任何认证与许诺的本质属性。

在这首诗的最后两节，时间的将来状态显示出了最粗粝和最无序但却也最公正最恒定的一面。人世的艰辛，个人操守坚持的不易，世界的宏阔与不可预知，包括物质、精神，甚至丑与陋的尖锐及真与美的炫目，通过杀活鱼、刮鳞片、大祸临头、匆匆赶往别处等诗学隐喻，都在这最后两节被推向了诗学的极致。

在这首诗里，时间是在以三种人们所熟知或熟视无睹的姿态在坍塌或膨胀。在这首诗里，时间的过去状态和时间的将来状态对于所有的阅读者而言，都表现出了强大的吞噬感与令人畏惧的血腥质地，以致时间的当下气质似乎被诗人压缩到了一个非常逼仄的空间。但是，这恰恰是诗人阎安的最高明之处，因为一切的未来都是披着理想外衣的任性的童话或寓言，一切的过去都是被悔憾围追堵截的饭后茶余的谈资或以时间的过去状态为意识表征的下脚料。

这首诗并不像有些人所理解的那样，是在宣判这个世界的坚硬与很难改变，甚至不可改变，是在撕裂、拉根甚至是在搅动消沉与失望；而是在着力彰显时间恒定的公信力气质，而是在彰显个人的自省、自悟、自持和自觉，包括自身在这个世界的侧身而出对每一个人精神精进的重要性与不可或缺。

的确，一切都如诗人阎安所言：你看到的这个世界，一切都是安顿好的；你看到的这个世界，安顿好了似的世界；你看到的这个世界，被一再安顿好的世界，别人都在安顿自己，你也要安顿自己，但这并非易事。这种凌驾于时间所有形制之上的忧患与清醒意识，在当下的诗界，这种从不旁逸斜出的既超越了焦灼与从容、也超越了高蹈与下作的诗学气度，尤其难能可贵。

2.追赶巨石的人

巨石从世界的高处滚落下来
巨石从世界所有的地方滚下来
不需要高风吹拂　不需要从一个高处
到另一个高处
或由高到低的大地般的阶梯
不需要弓弦似的或者半月似的弧度
不需要榴弹炮或者航天飞行器的弧度
巨石在世界所有的细节里带着轰响滚来

那在轰响着滚落的巨石后边追赶巨石的人
那在背后被更加巨大的巨石追赶的人
那狂奔不息的人　大喊大叫的人
那由于过分兴奋而不断跳向高处的人
一次次错过了巨石追来的打击
而将危险置之度外的人
是幸福的人
有着孩童般不可克服的纯洁
和猛兽般不计后果的为世界献身的气度

世界在陆地的中央
世界在大海的中央
世界在一颗还没有憋破的气球内部空虚的中央
巨石朝世界的中央滚下来
追赶巨石的人在世界的中央
像玩一场始料未及而又胸有成竹的游戏

追赶着巨石
也被巨石追赶着

细读：阎安的诗歌一直充满着对当下时代的探索精神。就拿这首《追赶巨石的人》来说，"榴弹炮"和"航天飞行器"这样非常非常现代感的意象都蹦出来了，这是需要很大的诗学冒险精神的。因为最时髦的现代意象的入诗，如果没有高超的对整体诗性跳跃结构的掌控能力，很容易破坏诗美的稳定性和感染趣味的。但像这样的例子，在阎安的诗中却比比皆是，随处可见。他一直在欲图剥掉和冲淡当下中国新诗陈旧的腐衣和霉味，为中国新诗步入一个全新的中国时代而苦苦探索，并且这种探索或者尝试，至少在目前来看是非常成功的。

阎安的诗歌也一直充盈着一种具有当下性质的全域意识。就拿这首《追赶巨石的人》的来说，"世界"肯定不单指的是中国世界，而是整个地球；从高处滚落的"巨石"肯定不单单是砸向他，砸向当下的这个时代，砸向中国，而是砸向全人类。这"巨石"，不仅喻指着我们所有人正在面临的危险，肯定也喻指着我们整个人类社会所正在面临的诸种挑战。阎安诗歌中的这种全域意识，不仅可以沟通不同种族，而且肯定能通灵不同的国界。阎安诗歌中的这种全域意识，不只包括这首诗中所流露和渲染的这种时代性的忧患意识、直面意识和担当意识，也肯定包括这首诗中所欲图吁请和呼唤的带有清醒、大无畏和必胜特质的豪迈意识。而这些，也正是处在当下这个巨变时代的所有的人共同需要的。

现在整个世界非常像当年的春秋战国时代，挑战和际遇并存，危险和安全共生，诗人们创作的土壤无限丰富，诗性创新的前景也非常广阔。无论什么时候，世界每时每刻肯定都会出现各种各样的问题，每一个时代都有每一个时代所共同面临的危机。面对问题或者说危机，回避或抱怨比等待或无视更无耻。

在整个中国诗界，特别是整个陕西诗界还尚处于喧嚣、萎靡、沉坠和重新裂变整合的当下，阎安的这种诗歌探索，包括他诗歌中的这种对现代生活和现代危机的诗性掘进，无疑最具有破冰、警示和先驱的质地与意义。沉默式的腹诽和披着艺术外衣的谩骂绝不是战斗，真正的艺术家，当然也包括文学艺术家，总是能在纷繁的世相中找到打扫干净我们各类精神垃圾的那条路，这也许是现代诗歌最应该具有的精神和质地。

3.与黑神祇和解

黑神祇掌管着水
像鹰和太阳一样

他居住在我的北方的山顶上
山顶被风扫净的岩石上
有时他又像一条狡黠多计的老蛇精
长着怪鸟的翅膀　雄鱼般的鳍
居住在天空　云的中央
土地的中央　河流的中央

我是黑神祇的儿子
我和黑神祇同时都是北方的儿子
我和黑神祇
我们是天生的朋友和敌人

当一颗沙粒的心脏上和一棵草的心脏上
也住下了黑神祇
一根腐烂的木头的心脏上
黑神祇和他的情人们
跳着荒淫的舞蹈　庆祝丰收
有时也庆祝死亡
当我的爱人也是他披头散发的爱人

我们在远离人烟的旷野上打斗
我们在一个深井里打斗
搅乱了一群乌鸦的晚礼服比赛大会
搅黄了一条河流　一座倚河而卧的山
在秘密的战争中一边颤栗一边倾斜

黑神祇和我　我们共同居住的北方
花朵在尘世上静静地开放的时候
是我们选择了良辰吉日　讲好条件
决定和解的时候

细读： 阎安的这首《与黑神祇和解》显然是有所创造的。

他创造了"黑神祇"这一诗学形象。在阎安的"黑神祇"诗象背景或者诗语系统的潭底，应该还有一个类似于"白神祇"或者"神祇"的隐性存在。阎安诗中"黑神祇"这个诗象在中国鬼神力量系统中的出现，可以说既打破了中国鬼神文化中一神独大、赢者通吃的畸形现象，也预示着中国新诗，特别是阎安的诗歌创作，正在欲图以一种全新的精神姿态悄无声息地影响中国文化或中国文人的气象与格局。

阎安这首短诗中由诗性创造的这个"黑神祇"，从精神气质上来说，既圣洁也荒唐，既宏大也渺微，既狡黠也率真，既喧闹也安静，既破坏也建设。"黑神祇"身上这种带有现实呼应性的精神气质，很显然既是针对现实的进步与阔远，也是针对现实的荒诞与不经。

如果说，"我"和"黑神祇"在花朵在尘世上静静地开放的时候的和解，是阎安这首短诗预言功能的体现，是一种对理想生活与美好追求的呼唤的话，那么，"我"和"黑神祇"在旷野、深井、河流边与高山上的打斗或者说恩怨与悲欢，就是这首诗指认功能的彰显与生机勃勃了。阎安说，他是"黑神祇"的儿子；其实，我，我们，又何尝不是呢？对理想，我们的确有时候一定要保持一定程度的容忍与克制。

我喜欢这样的诗，它能让我止住哭声，止住愤怒，止住迷惘，安静地饮用孤独，并安心地在首善街以笔为笛，安身立命。让我们和诗人阎安一起，等待那花朵静静地开放的时刻能如期到来。

4.孔子一定见过大海

孔子一定见过大海
所以他才喜欢乘马骑驴
终生沿着大河的边际行走
没有问过鱼　也没有问过龙
就通晓了为什么每一条河流
赴死般不顾一切奔赴大海的秘密

孔子一定见过大海
所以他喜欢登临泰山

喜欢在东岳泰山的绝顶上
向下俯瞰　将万世浮云尽收眼底
将浮云之下　丝绸泥丸般若有若无的山河
像雨滴露水一样收入胸中

孔子一定见过大海
因此他看得见飞鸟　看得见浮云
也看得见在浮云似的飞鸟
和飞鸟似的浮云之后
那像浮云般若隐若现和若有若无的
云层般的大地及其云层般渺茫的万物

嗨！这个名叫孔子的人
他秃顶上的毛发被劲风一直狂吹着
像快要枯死的海藻一样一蹶不振
我猜想他一定见过大海

细读：阎安的诗，总是冷峻和奇崛的。他总是能在纷繁病庸的生活表征的细微处，开掘出阔远而幽深的诗意。纵然是高翔在空中，也能自然而敏锐地捕捉到大地上任何一枚叶脉萌动且葳蕤的微影。

阎安的这首诗，以中国最古典的诗学理论来看，有两个中心意象：孔子和大海。

大海这个意象，是这首诗的一个意象黑洞或者暗物质式的意象。这既是诗意的留白，是诗人的一个创作故意，也是诗人在为整首诗的主旨蓄势或者在为整首诗的诗维张本的一种诗艺的必须。

孔子的形象，诗人在这首诗中有三次描摹和一次强化。

第一次描摹是在诗的第一节，孔子乘马骑驴，终生沿着大河的边际行走。第二次描摹是在诗的第二节，孔子登临泰山，在绝顶上向下俯瞰。第三次描摹是在诗的最后一节，秃顶的孔子，秃顶上的毛发一蹶不振。

一次强化是在这首诗的第三节：孔子看得见飞鸟、浮云、大地和万物，而飞鸟是浮云似的飞鸟，浮云是飞鸟似的浮云，大地是若隐若现若有若无云层般的大地，万物是云层般渺茫的万物。

在这首诗中，孔子具有三个特点。

一是睿智。不用问鱼，也不用问龙，就通晓了每一条河流赴死般不顾一切奔赴大海的秘密。鱼这个意象显然是隐喻普通人或者普通大众。龙这个意象显然是在喻指小众，喻指异于大众的人群中的少数，应该既有英雄豪杰，也有仁人义士；既指叱咤风云的策士谋臣，也指翻云覆雨的帝王将相。而河流，或者每一条河流，无论大小长短、径流多寡，似乎是在喻指每一个集体或阶层的，喻指每一个集团或者群体的内驱力所在或欲望所归。

二是高绝。不仅万世是浮云，河是丝绸，山是泥丸；而且，万世浮云之下的若有若无的山河，亦只是他胸中的露水或雨滴。

三是疲惫。顶秃了，秃顶上一直被劲风狂吹着的毛发，像快要枯死的海藻一样一蹶不振。

在这首诗中，大海的形象，只是众人理想归宿地的喻指，当然包括大众和小众，却不是孔子的终极目标所要抵达的洞天福地。因为众人，包括各种集团和阶层，在孔子的眼里，皆为河流。而水往低处流，大海是低处；孔子的所思所望，肯定皆在高处。

乘马骑驴，是孔子的思想核心或者社会理想日渐被世人误解并被世人日渐抛弃的暗示。所谓世人纷纷说不齐，别人骑马我骑驴，后面还有赶车汉，即是明证。

在大众错误成为时代主流的当下，诗中的大海，其实只是众人不断下坠的欲望的象征，只是欲望之海。那些在整个世界低处的欲望之海中沉浮的一切，比如海藻，不仅在诗中已经一蹶不振，而且快要枯死了，一如直到现在还没有实现自己伦理愿景的孔子，也一如诗中孔子秃顶上稀疏的毛发。

在这首诗中，孔子看见的是众人所看不见的，众人看见的是孔子所不屑的。孔子看见了世界和未来的真相；诗人，或者诗中的我，理解并痛惜着孔子所看见的一切，也看见了孔子和这个世界的未来。

诗中的我，或者说诗人，也是敬佩孔子的，对孔子的诸多伦理愿景也是认同的，但诗人更是为孔子而悲哀、而痛惜的。诗人在这首诗中有意或无意淡化的"我"，敬佩的是孔子的睿智，是孔子的高绝；悲哀的是孔子的疲惫，包括孔子社会理想的落空和整个世界众生的蝇营狗苟与不值一提，还有自己与孔子一样所感觉到的高处不胜寒和高处不胜孤。

而且，"我"这个形象这种孤和寒的背后，不仅有诗人满腔的对当下和未来世界的热望、坦荡与赤诚，也有诗人经常为世人所不能理解的那种貌似异常平静和超凡脱俗的失落、忧心与深婉。

5.生活在祖国远方的石头

你要向后退去　在祖国的远方
你要像去隐居一样向着大地的纵深后退
去看看那些把时间变得七零八落的石头
它们倒栽葱似的插在沙地里
或者以整座山　以古老峡谷中悬崖的巍峨
隐居于中国北方的偏远之地
或者南方茂盛的树林子里

那是比一只狼和一片树林子
更早的到来　守着山岗和河谷
仿佛时间中的使者般的石头

那是狼和树林子
被沉默的风一片一片啃噬殆尽之后
依然固守在旷野和荒凉中的石头
它的饥渴和沙漠的饥渴一样深
它的饥渴和一口废弃的水井一样深
它的饥渴像一座帐篷
已在一座沙丘上
或者一个恐龙喝过水的湖泊边彻底颓废
一览无余

那是沉默的风和高于河流的流水
偷偷地从宇宙中运来的石头
有时候它们与河流同行　更多的时候
它们喜欢滞留在原始地带
人还来不及移动巨石另作他用的地带
任河流独自远去
或者像梦游者一样消失在远处

像一只冷峻的时间之鸟

把自己的飞翔之梦凝固在时间的心脏上

生活在祖国远方的石头

向后退　像隐居一样地向后退

你将会不虚此行　与它们猝然相遇

细读： 从索绪尔的结构语言学的角度来观察，阎安可以说是一个充分调动了语言能指意识的诗人。在他的诗里，许多词语的所指意义是被他冻结的。这种调动或者冻结，既为他的诗歌的正常传播造成了一定障碍，也使他的诗歌在当下的中国诗界独树一帜，具有了洞穿时间的性格与气质。

比如这首《生活在祖国远方的石头》，诗中的中心意象——石头，既指石头这一概念或者发音本身，也就是一般传统语义上的石头这一词语的所指义。但更多的却是诗人阎安的诗性能指，即：时间，或时间在我们的生活与时代中曾经存在的证据；能量，或者精神能量曾经和正在存在的标识；意志，或者绝对不能抛却的正因。

也就是说，石头在这首诗中，既是某种意识的象征，也是某种能量或者某种能量寓居物的象征，更是时间，包括时间曾经存在的象征。

所有的文章，无论长短，无论用途，说到根本上，就是说话。说糊涂话，说明白话，说貌似糊涂却明白的话或者貌似明白却糊里糊涂的话；说自己的话，别人想说却说不出来的话；说社会的话，说时代的话，说灵魂或精神的话；说政治的、哲学的、美学的、伦理的，包括或沮丧或振奋或无法正常言说出来、或正常言说出来你也不会留下深刻印象的那些话。

世界上有用或无用的道理，就那么多，但大家都在说，而且都在无时无地、喋喋不休地说。可谁说的话才有人肯听？除了手握话语权或者财大气粗、位高权重、一言九鼎的，大概就是作家或者文人们所说的话了吧。

诗人是作家里面最会说话也最不会说话的人。说他们最会说话，因为说得漂亮，因为诗歌一直被誉为时代的先声和语言的闪电；说他们最不会说话，因为他们说话和小说家、散文家与戏剧家们最大的不同，就是只用形象或者意象说话。

但是，诗歌这种文体，与别的文体，包括论文、时评和策论，最大的不同，就是诗歌一定要用形象或者意象说话。

阎安在这首《生活在祖国远方的石头》一诗中，就是把他想说，包括别人想说说不出来或者不敢说出来的话，用石头，或者说用生活在祖国远方的石头这一意象，用诗这种文章形制大大方方说了出来。

石头，是阎安这首诗的中心意象或者形象，理解了石头，就理解了阎安想要说的话，也就理解了这首诗。

首先，石头，在阎安的这首诗中，是富有人文气息或者卓尔不凡的隐者，既隐居于中国北方的偏远之地，也隐居于中国南方茂密的树林子里；既指随处可见的那些大大小小形状各异颜色各不同的石头或者石块，也指山，独山、群山、雪山、火焰山等各种各样你见过或者没见过的山。

那些随处可见的大大小小形状各异颜色各不同的石头或者石块，其实就是混迹于底层或者处在生活最前沿的各种各样的普通人。他们生如蝼蚁，死如鱼虾，活着的时候很少有人过问，死了的时候只是一场张二棍笔下的哭丧者的表演。但他们并不是可有可无的，一如无舟可载时载舟的水，他们都是每一个家庭单元的支柱或脊梁。

那些山，无论是独山还是群山，无论是雪山还是火焰山，无论是身披密林或者光秃秃的，无论是身处高原还是居于江河湖海之边的，其实就是那些历朝历代的仁人志士或者领袖哲人，是人群中的出众者。他们在的时候可能会被时代赐予各种各样的冷遇，但他们不在的时候，我们才能感觉出他们像山一样的重量或巍峨。

而阎安在这首诗中所写的山，更多的是偏于后者。平民在天下无事时隐于民间，而智者在盛世太平的时候，便只能拼命地向后退，退至七零八落的深野，退至废弃的井边，退至毫无开发价值的沙滩、大漠和海边，退至偏远得不能再偏远的原始地带。他们其实是高兴的。平民不争，天下太平；圣人无名，天下始盛。他们，包括平民和智者，其实都很不愿意每隔多少多少年就不得不出来揭竿为旗、金戈铁马，或者绕树三匝、收拾残局。

任何时候或是任何地方，永远都不要小看或漠视这些石头，无论是石块还是大山。这也许才是阎安这首诗所要表达的诗意或者诗性意识之一。

其次，石头，在阎安的这首诗中，是时间或者时间曾经和正在存在的象征。在诗人阎安的这首诗里，那些或大或小或石或山的石头，是一只只冷峻的时间之鸟，是守着各种山岗和河谷的时间的使者，是沉默的风和河流的水偷偷从宇宙中运来的。

所以，石头，或者说生活在祖国远方的石头，其实也是时间给人们或者人类的一种隐喻或警示。他们是价值的象征，是能量的象征，是精神存在和灵魂呼吸的象征。这个世界上，石头是不朽的。我们最后能留下来的，并不是我们的肉身，也不是我们积攒或追求的纸币，而是我们内心的纯净和对在世光阴的珍视和善加利用，而是精神和灵魂的不朽；即便是那些与石头一样会不朽的珠宝金银，也一定会换了姓氏，或乱了家国。

这首诗中的阎安，是悠远的、宏大的，也是邻近的、民间的；是遥视的、俯瞰的、部分和全局融为一体的，也是身魂兼一、毫末毕现、精细入微、独处意识和宇宙意识浑然交织的。

至于诗中的那些石头的饥渴，和沙漠的饥渴一样深的、和一口废弃的水井一样深的、饥渴得像一座帐篷，包括那些在一座沙丘或者一个一个恐龙喝过水的湖泊边彻底颓废、在人还来不及移动巨石另作他用的地带任河流独自远去的、像梦游者一样消失在远方的饥渴的石头，则是我们诸多人的灵魂意志正在经受时代与规则（包括规则和潜规则）、新旧标高与新旧意识（包括新旧潜标高与新旧潜意识）考验的诗性写照。

人是一种经常会被眼前利益所迷惑的动物。这其实也是人之常情之一。但正因为太过于顾及现实与眼前，所以我们本应正常的生活才会经常面临陷阱或不时地处于危险甚至几近崩溃。

世界的尽头，其实就是石头遍布，即便是生命再一次在这些石头遍布的荒凉和废墟中重新应运而生；而重新应运或应劫而生之后，还是仍会归于石头遍布的皈依与沉静。

但有多少人还会在乎这些，还在在乎远方，包括远方的诗意。我们经常失去的其实并不是时间，并不是青春，也并不是一世或一生，而是生生世世，而是我们最应该珍视的灵魂的澄净和意志的坚定。

意志，包括精神标高，很多时候比真理更容易让我们懂得自身，比真理更容易让我们保持内心的纯澈和刚正。阎安的这首《生活在祖国远方的石头》是具有多维诗意和多维诗指的美学表征的。

把自己的飞翔之梦凝固在时间的心脏上，这才是诗人阎安创作的所有诗歌共同拥有与真正最为奇崛最为深邃的奇幻之处，也是诗人阎安许多不流于凡俗的诗歌共同具备的最基本最具个人精神标识与胎记特质的多维诗意和多维诗指的美学表征。

6.徒手博取闪电的人

很多朋友注定要离开
很多事物注定要失踪
就像我们注定要见到尘埃和灰烬
就像云影和昙花

就像徒手博取闪电的人

就像狼的灰色的鬃毛

在旷野上奔走

在山脊中奔走

在黯淡的暮色中或光天化日之下

仿佛某种幻觉一闪而过

就像在瀑布中跌落下来的石头

在瀑布飞溅的白光中闪闪烁烁

徒手博取闪电的人

很多树被他打倒了

很多山被他打倒了

很多河流像把柄一样被他握在手里

就像握着鞭子

用鞭子抽打我们的人

抽打树和山野的人

抽打头重脚轻的毛野人的人

那个徒手博取闪电的人

是等着我们从影子里

捕熊一样捕捉

自己的和世界的

鬼影子的人

细读：诗人的思维异于常人最大的地方之一，就是诗人们大都善于联想。

联想是心理学家较早研究的一种心理现象。这个心理学概念据说最早是由英国哲学家J·洛克先生提出的。后来，英国经验主义哲学家T·布朗、俄国心理学家巴甫洛夫等人对此又进行了更加深入的分析和研究。

而心理学上正式的联想实验，据说是由W·冯特心理学实验室的M·特劳特朔尔特和J·M·卡特尔两个人共同开创的，他们的联想实验采用的最主要的两种方法是自由联想和控制联想。

据历代心理学家的研究，联想可划分为四类，即：相似联想、接近联想、对比联想和因果联想。

我国四川的姚岩松，从屎壳郎那儿得到启示，突破了传统机械的结构方式，以推动力代替牵引力，从而发明了耕作机，就属于相似联想的思维伟力造福于人类的佐证。

苏轼当年在杭州任地方官，发现西湖的很多地段被淤泥淤积起来成了"葑田"，由此想到疏浚西湖、修建堤坝，以方便游人，也提升西湖品质，就是接近联想在社会生活中的实践。由白昼想到黑夜、由虚伪想到真诚，这是对比联想。早上起来看到地面潮湿，由此想到夜间下过了雨，这就是因果联想。

阎安的许多诗歌之所以冷峻和奇崛，甚至隐秘或者诡异，与阎安特殊的诗维方式与诗维结构是分不开的。

比如，同是在运用联想这种常见的诗维创作方式，一般诗人的联想经常是单线方式或者单维结构，而阎安诗歌中的联想却经常具有多线多维或者多重跳跃的性质。

就拿这首《徒手博取闪电的人》来说，整首诗的诗旨其实很简单，就是在多重阐释"很多朋友注定要离开／很多事物注定要失踪"这条非常普通的人生感慨。

他这首诗中的许多"像"字，不是比喻的黑痣，而是联想的胎记。

这首诗的第一节，由朋友的离开和事物的失踪，既联想到尘埃和灰烬，也联想到云影和昙花。

这第一节中由朋友的离开和事物的失踪联想到尘埃和灰烬，是相似联想和因果联想的多重套用。一般人是由果联想到因，而阎安却是由果联想到果。离开和失踪都是结果，尘埃和灰烬也都是结果。离开和失踪是人事发展的结果，尘埃和灰烬是所有人和事物最终都要呈现的结果。

至于这第一节中也联想到云影和昙花，既是相似联想，也是互文。朋友如昙花，事物如云影；或者事物如昙花，朋友如云影。朋友、事物与云影、昙花的关系，不是形似，而是神同，是最终结果的暗章曲款。

这首诗的第二节和第三节一定要连起来理解，从诗面上看，这后两节虽然有四个"就像"，但其实只是三组联想的诗性呈现。

第一组联想：朋友的离开与事物的失踪，就像博取闪电的人，用鞭子抽打着我们。很多条河流像把柄一样被他握在手里，那些河流就像他手里握着的鞭子，他用这些河流抽打着树和山野，抽打着头重脚轻的毛野人，抽打着我们，也等着我们从影子里捕熊一样捕捉我们和世界的鬼影子。

第二组联想：朋友的离开与事物的失踪，就像狼的灰色的鬃毛在旷野上、山脊上、黯淡的暮色中或光天化日之下仿佛某种幻觉一闪而过。

第三组联想：朋友的离开和事物的失踪，就像在瀑布中跌落下来的石头，在瀑布飞溅的白光中闪闪烁烁。

这三组联想，其实是诗维的多重组合，也都是接近联想。这三个联想组合或者说诗性的联想套用，是联想嫁接着联想，是诸多联想的纵横交织与多维交融，诗性表达着诗人许多独特而深刻的生命体验。

在这后两节的第一组联想中，诗人实际上只是想诗性表达朋友的离开和事物的失踪是对我们的一种考验，对各自人性的一种甄别，对世界的一种权衡。他是在诗性地提醒我们一定要经常性地由果溯因，既反观我们的人生，也思考自身周边关系的变化，思考世界包括人类进化发展以及由此带来的种种变迁，当然也包括各种新事物为何诞生和各种旧事物缘何消失。既有豁达之意，也有隐忧之感。

在这后两节的第二组和第三组联想中，诗人实际上只是想诗性表达朋友的离开和事物的失踪是我们的一种感觉，一种生命必须的经历，一种特殊的心理体验或者特殊的思路历程；只是在诗性提醒我们，有些事情是注定不能忘记的，就像朋友的离开和事物的失踪；只是在诗性地告诉我们，忘或不忘，都不必刻意，如果不能忘，就把它作为此生中最美好或者最震撼的记忆之一，尽管这种美好有某些残缺或者仰望的角质。

其实诗歌都是联想，但优秀的诗人的诗性联想和平庸的诗人的联想的诗性，却泾渭分明，也大相径庭。好的诗歌，的确不仅能使我们的脑洞大开，而且能使我们的思维常读常新；不仅能拓展我们对世界对人性认识的视野，也能使我们的精神和境界在多重层面上得到有效提升。

平庸的诗人，诗中的联想往往是单线单维的，是连续而非间断的；而优秀的诗人，他诗中的联想却常常是多线多维，是有序熔断并多重跳跃的。平庸的诗人，诗中的联想，只是在呈现，只是在描摹；而优秀的诗人，诗中的联想，却是在撕裂，却是在重新挑动我们的阅读神经或者生命体验，不致使我们惯于沉溺于某种思维的惰性并欣欣然习以为常。

一般的读者只是觉得，阎安这首诗中的这个徒手博取闪电的人，肯定具有某种神性或者超验的个体生命的异质，其实都不是。不过，阎安这首诗中的这个联想的确是太过精彩了，虽然这个联想其实只是阎安这首诗中诸多联想中某个联想的某一部分而已，但它带给阅读者的思维冲击、情绪挑战与阅读快感，却的确是绝无仅有、空前绝后的。

这，就是好诗人的特质，也是好诗人独有的凌厉或者霸道。当然，你也可以以多种理由或借口，对这些凌厉或者霸道嗤之以鼻或不屑一顾。

7.我的儿子在星光下奔走
我的儿子的领地在山野上
我的儿子是个猎熊的人
与熊和某种类似熊的动物相互追逐
像一只野兽一样独自穿越幽谷
我的儿子在星光下奔走

我的儿子砍开榛莽挽救陷阱中的狼
乘狼之危　他甚至多次引狼入室
我的儿子把枪像种树一样种在荒山上
把刀种在狼嚎和夜空中
与山为伍　与万物为伍
蘸着星光磨砺自己的杰出猎人
他只用树枝做成的箭镞射击
用木头做成的子弹射击
用又大又空的空鸟巢
收获星空下的天籁和慈悲

用土围子、顽石和荆棘篱笆
安顿困守山谷的河流和河流之魂
把受伤的植物一样的手掌
以生长之势、托举之势举向星宇之中
仿佛他正在承受　星星在夜晚完成焚毁之后
像受伤的鸟儿一样
回到星空下的树丛之中
回到那被时间放空的巢中
堆积细细的尘埃和寂静

细读：当下的时代，许多东西都已经被破坏殆尽，我们不仅需要重建信靠，也需要重建神圣，重建崇高。

诗歌中没有神圣感，就像生活中缺少仪式感，只剩下了物欲与空虚。诗歌中没有崇高感，就像人丢失了精气神或灵魂，只剩下了盘剥与算计。

阎安的这首浪漫而超现实主义的《我的儿子在星光下奔走》，诗中"儿子"的形象，是中国新诗自朦胧诗之后解构性泛滥以来，对神圣感与崇高感的一次诗性凸显、诗性托举和诗性重建。

"我的儿子""山野""猎人"，是这首诗中的关键诗素。这三个诗素，一体三维，诗性地建立了一种神圣与崇高的诗维场域，对人们潜意识深处神圣感与崇高感的诱发，既有多重的吁请，也有悉心的垦殖。

诗中"我的儿子"的领地是山野，这山野不是贫瘠、荒芜和废墟的象征，而是广博、自由和浩瀚的暗示，暗示"我的儿子"生活环境的空前开阔与空前旷远，开阔到充满不可预知，旷远到充斥各种神秘。

诗中"我的儿子"是个猎人，这是很值得深度思考的。我的儿子他猎取熊，猎取类似熊一样的动物，既像一只野兽穿越幽谷，也像一只野兽奔走在星光之下。

而猎人，作为人类最先从自然界中获取自身能量的一种身份界定，既是人类作为整个自然界各种生物链中的一环的必须，也是大自然的各种资源取之不竭、用之不尽的一种隐喻。

在这首诗中，"我的儿子"不仅与某种类似熊的动物相互追逐，这既是一种生存的必须，也是人类早期日常自娱或者说在自然中尽情嬉戏的一种表现；而且，他还砍开榛莽挽救陷阱中的狼，他还在荒山上种枪，在狼嚎和夜空中种刀，这些不被常人或常情常理所理解的行为，不仅在暗示人类早期与自然的搏斗，也在暗示人类早期与自然的和谐。

种刀枪是与自然的搏斗，或者是为与自然搏斗做准备；而砍开榛莽解救陷阱中的狼，则是与自然的和谐，与自然界中的一切同时也惺惺相惜。

更令人神往或者说更令现代读者兴奋的是，诗中的"我的儿子"，不仅与山为伍，与万物为伍，蘸着星光磨砺自己；而且他还只用树枝做成的箭镞射击，用木头做成的子弹射击，用又大又空的空鸟巢收获星空下的天籁和慈悲。

前者是真正的人在大自然中快乐生活的写照，而后者则是真正的人所应该真心恪守的生活基准或者所应该具有的人文精神。

至于诗中的"我的儿子",不仅用土围子、顽石和荆棘篱笆安顿困守山谷的河流和河流之魂,把受伤的植物一样的手掌,以生长之势、托举之势举向星空之中;而且,他还像受伤的鸟儿一样,回到星空下的树丛之中,回到被时间放空的巢中,堆积细细的尘埃和寂静。

前者其实是人类早期的初心坚守与初心维护,而后者则是人类本身最应该具有的一种休憩本性与休憩必须。

阎安在这首诗中对人类神圣感的重建,主要表现在他对现代人类的生活行为的一种根性审视或初遇反思;对人类崇高感的重建,则主要表现在他对现代人类对待自然态度的一种隐忧或者恐惧。

诗中的"我的儿子"既是一个双面人,长着远古野蛮和俊俏柔嫩兼具的两个半边脸,也是一个双性人,既具有传统性,也具有现代性。诗中的"我的儿子"这个中心诗素,既是人类的最初映像,也是对人类将来的暗示;既是对人类往史的追忆与还原,也是对人类未来的预言与推演。具有诗维的多向纵深。

我们试想一下,人类现在的这种向大自然过度索取的行为,会导致什么,肯定是整个星球从头再来,这既是对佛学几世几劫说法的一种认证,也是对其他各种宗教秘说的一种呼应。

其实,说到底,人类不是不愿意再回到山顶洞人的年代,而是回不去了;人类不是不想回到男耕女织的那种年代去了,而是回不去了;人类不是不想回到篱笆、茅屋和南山种菊的那种年代去了,而是回不去了;人类也不是不想回到饿了河里抓鱼或者山中摘果、渴了涧中饮泉困了洞中短栖的那种年代去了,而是回不去了。

为什么回不去,因为那样的生活条件,随着人类的过度繁衍和数量的激增,已经不存在了。

关于现代化,我是这样认识的:不是人类的主动选择或者主动创造,而是人类的被动适应与被动顺从。现代化不是人类的骄傲,而是人类的无耻。

现代化既是人类继续在这个星球上的必须,也是人类继续在这个星球上生活下去的误区。它是一把双刃剑。茹毛饮血,其实可能不是一种野蛮,而是与大自然的另一种和谐。

可是我们的确回不去了,我们已经到了不种食大棚菜就已经无菜可吃的程度了,我们已经到了不高层蜗居就已经无法正常居住的地步了,所谓绿色自然环保,将越来越只能是人类的一种向往、一种奢侈和一种欺人或自欺。

人类不仅正在大面积异化,而且正在大量地消灭其他生物,正得意扬扬地在饕餮着他所能饕餮的一切。阶层的固化和物种的单一化时代正在日渐到来,这种阶层的固化和物种的单一化，不仅让我们的生活将越来越乏味，而且也正在悄无声息地孤立、割裂和毁灭着这个世界。

《华严经》有云："不忘初心，方得始终。"人最高的境界其实就是安安生生地活着，而并不是那么多无谓的贪欲、那么多无谓的权力、那么多无谓的财富。在粮食和淡水都没有了的那一天，那些，才是真正的累赘。

所以，大自然的神圣与不可侵犯，大自然的崇高与不容亵渎，包括对现代化的焦虑和对各种人性畸形异化的隐忧，才是阎安这首《我的儿子在星光下奔走》中所想要最终诗性反映的深层肌理。他这是在用诗歌为人类最初的生活画像、存正，也是为人类最终的将来祭奠、预演，他这是在追忆，也是在追忆中担心和恐惧。

人类太自大了，自大到自掘坟墓而浑然不觉；现代化太可怕了，可怕到了我们都陶醉其中而重度昏迷；人类太短视了，短视到了为了一点点的利益，即可名正言顺甚至正义凛然地漠视、羞辱、出卖或者残害同类。

8.对峙之美

我不是一个简陋的自然主义者
就是说我不是一只蜜蜂　或者一条河流
我不是赶着花期或汛期
去接近世界濒临崩溃的目标的人
我是手握铁镐的人
我是手握一把碎玻璃的人
我是手握一把因为使用太久而闪闪发亮的铁镐
走走停停　一直在选择和丈量地方
一直在挖掘大地和它在远方的沉默的人
我在旧宅院和荒凉地带撒下一把碎玻璃
像在未经识别的恒星上撒下一把种子

我在没有被蚯蚓耕耘过的沙地上挖掘
我在没有被树根腐蚀过的盐碱地上挖掘
我在波涛拍打过的海边荒地上挖掘

我在星空下　在黑暗

使世界变得更加深沉或莫测的地方

有时我失去了挖掘的耐心

像撒下一把种子一样撒下碎玻璃

最终　我也在自己之中挖掘

在身体中　在生与死已暗中通融的地带

我挖掘出另一个星空

和属于该星空的那些奇异的碎屑和垃圾

那些仿佛碎玻璃一样难以驯服的碎片

不为别的　只为亲眼看看

它与头顶的星空之河

那种棉絮般难以澄清的默契

或者对峙之美

细读：左拉曾说，自然主义不要夸张，也不要强调，只要事实，值得称赞和值得贬黜的事实。

阎安在这首自称自己是自然主义者的诗里，却不是这样。

他有夸张，这种夸张是通过一系列比喻和一系列类比抵达他美学宇宙的深处或澄净之处的。

但阎安的诗学比喻，不是传统意义上的正向比喻，而是对传统词语或者传统汉语母语的旧词旧语所渗溢的生活纹理有所甄别或者有所重新提取的反向比喻。这种反向比喻，既有助于更新词语的新内涵，让词语一直能够有勇气与时代血肉相连，也有助于使创作者自己对生活和世界的理解更容易从同时代的末流中侧身而出，以抵达同时代的其他人不可能抵达的精神高度或灵魂深度。

比如"我不是一只蜜蜂　或者一条河流"，就隐喻他不是一个勤劳的人，也不是一个对远方情有独钟的人。比如旧宅院与碎玻璃、未经识别的恒星与种子，旧宅院也许喻指旧意识与旧欲望，包括旧时代与旧制度，而碎玻璃喻指疼痛和毫无生长，充满着指认与预言的味道。比如"奇异的碎屑和垃圾"，喻指生活或社会中的奇葩事物。比如"另一个星空"，比如"棉絮般难以澄清的默契或者对峙之美"，它们都带有这种抵达新鲜的精神高度与灵魂深度的迷人气质，既陌生又有张力，包括诗维冲击力。

而且阎安的诗学类比，不是依赖两个美学气质或哲学性质类似的物事的简单并列完成的，而是通过对他所选定的意象的多重修饰与反复限制完成的。这种修饰与限制，不是缩小诗意的外延，而是让诗意的外延更加扩大和更为精准，不是让他所选定的词语的内涵更为逼仄，而是让他所选定的词语更为深阔，以至带有他个人所体悟到的独特的美学伦理。

比如"我是手握铁镐的人/我是手握一把碎玻璃的人/我是……一直在选择和丈量地方/一直在挖掘大地和它在远方的沉默的人"，这种多重的修饰和反复的限制，使诗中的这个"我"更具开拓者、先行者和预言家的风骨。

比如诗中的大地，不仅是在远方沉默的大地，而且在我们的周围呈现出多种荒凉和贫瘠的状态：没有被蚯蚓耕耘过的沙地、没有被树根腐蚀过的盐碱地、波涛拍打过的海边荒地、生与死已暗中通融的地带，等等。这样一来，一个诗性的我们周围的环境或时代属性，就被诗人平静且深邃地用许多旧词旧语新鲜地展现在我们面前。不仅让我们羞愧，因为我们一直只专注于过去和未来，一直在有意或无意地忽略着我们身边正在发生的一切；而且让我们汗颜，因为我们放弃了我们对自己时代的耕耘，因为我们还没有在我们自己的时代扎下根来，因为我们已经在怀旧和祈愿中让许多标准和原则丧失了立场，使它们肆意暗通款曲。

但是，阎安在这首诗中并不是消极的，他可能已经意识到走进新时代并不意味着你已经成了新人，具有了新的精神纹理和灵魂气质，所以新与旧的默契、少数与多数的脱轨、先行者与后续者的渐行渐远，在他的诗里也就形成了一种对峙。这种对峙，既是时代与世界的空阔，也是阎安所创造的另一种诗性的美学伦理。

在这首诗中，"我"虽然不是一个贡献者，但显然是一个开拓者。这首诗的作者阎安，虽然现在还不好断言他就是一个世界一流的作家，但他显然是中国一流的诗人，他一直在保持着汉语母语的高贵与尊严，也一直在保持着与周围时代的融入与旁逸斜出。在新的时代与社会面前，在新的写作领域，他既在不断地开拓或尝试着新的诗性美学伦理表达方式，也在不断地一直以一种常人眼中的遥远、陌生和晦涩，更新着自己独特的诗性美学意象系统与诗性美学伦理结构。

发现即美，描述即美，对峙即美，完成即美……诗性的美学伦理一直在他的笔下延伸，也荡生着他执着与孤绝的决心和勇气。他一直不问是非，亦不屑错对；他一直在剔除着灵魂与精神里多余的东西，无论是自己还是时代。他不是一位道德家，也不是一位钟情于人性、制度或秩序研究的人，而一如一位世相解剖家或者时代观察家，他只是在诗性地说出他在这个世界里面观察或感受到了什么。所以，他自称自己绝非一位简陋的自然主义者,也是当之无愧的。

确属先秦旧籍,有"孔子研究第一书"美誉的《孔氏家语》中有这么一段文字:

"孔子曰:'吾死之后,则商也日益,赐也日损。'曾子曰:'何谓也?'子曰:'商也好与贤己者处,赐也好说不若己者。不知其子,视其父;不知其人,视其友。不知其君,视其所使;不识其地,视其草木。故曰:与善人居,如入芝兰之室,久而不闻其香,即与之化矣;与不善人居,如入鲍鱼之肆,久而不闻其臭,亦与之化矣。丹之所藏者赤,漆之所藏者黑。是以君子必慎其所与处者焉。'"

读诗,就要读有难度的诗;一如做人,就要做难成为的那种人。无论是丹之所藏者赤,还是漆之所藏者黑,其实都是世界的本色,也是时代的宿命。这不是矫情,也不是使命,也许只是抵御生命之无聊的必然,也是对灵魂或精神印记更加清晰的某种宿命般的心甘情愿的投诚,或者,只是及时从周身空洞中抽身而出的某种命运层面上的精准皈依。

9.玩具城

我是旧时代的孩子　在废弃的城堡的窗口
我要讲出令你口渴难耐的故事——
铁一样出色的狼群
獠牙似的月亮
火鸟怎样一片一片偷走黑森林
草原和她罂粟般鲜艳的公马

我也是你们时代的孩子　但
关于这个时代,我无法从容讲述——
从铁到铁(地下、地上和空中)
从城到城
从大楼的一层、二层……一直到第一百层
镜子的迷宫迷宫似的镜子
镜像。孩子们的脸一边是父母给的
一边是玻璃和另一种类似的材料做的

我是你们时代的孩子　疑惧

顾虑　穿梭于镜像的迷宫
没有家乡也没有方向

我是梦的孩子　我的梦
是大力士的梦　世界
是我梦中轻如鸿毛的玩具城——
一千座帝王城堡的阴影被我涂成白色
铁和树根是一样的
不仅在身体下而且在整座城市以下　扭动
羞愤难当的湿度
蛇盘兔的湿度
镜子是花园里种出来的把光亮
成倍成倍地放大
投射到狐狸的陷阱和鹿的
心脏并未停止搏动的陷阱

我是梦的孩子
我是世界的孩子
我居住在我的玩具城里

细读：无论是从外在的物化的衣食住行，还是从内在的概念化的精神纹理，整个世界都已经发生了巨变。虽然说万变不离其宗，但是，这个"宗"是什么？恐怕至今也没有一个令各个方面都满意的理论支撑。

别的暂且不论，就诗学领域而言，以诗歌的形制来表达自己对当下整个世界，包括个人与整个世界之间的关系的理解，在我个人的诗学阅读视距之内，阎安的这首《玩具城》似乎是最与众不同的一首。

其实，在阎安的诗性王国里，整个世界恍若一个秩序井然的直角坐标系，每一个人都是各自的那个直角坐标系里的坐标原点。

这个坐标系的横轴是时代，纵轴是意识。每一个时代和每一种意识所交织而形成的质点，就是世界的镜像的一部分，而所有时代和所有意识形成的镜像之面，就是整个世界的镜像，也包括我们每一个人所看到的那一部分世界。

以每一个人为坐标原点的每一个直角坐标系的镜像世界，都有四个镜像象限。

横轴之上的两个镜像象限，是意识世界，也叫现实世界，一个是新时代与新意识所构成的现在的世界，一个是旧时代与旧意识所构成的过去的世界，而我们每一个人未来的世界，就在新时代与新意识的无限延伸之中潜藏，虽达不到，但都能清清楚楚地看得见。

横轴之下的两个镜像象限，是潜意识世界。新时代与新的潜意识所构成的是新的潜意识世界，也叫新梦世界；旧时代与旧的潜意识所构成的世界，是旧的潜意识世界，也叫旧梦世界。

所以说，在我的诗性美学构图里，世界分两大类：意识世界与潜意识世界。这两大类世界有四个镜像场域：现实世界（包括现在的世界和未来的世界）、过去的世界、新梦世界和旧梦世界。

一般诗人在自己的诗中所描绘的生活镜像与意识图景，都属于第一象限，即现在的世界，大不了这个现在的世界有对未来世界的指认、展望或预言。

一部分诗人在诗中所展望的诗境是第二象限的镜像，即过去的世界，大不了这个过去的世界里有新梦世界里的潜意识。

一部分诗人在自己诗中展现的诗境是第三象限的图景，即旧梦世界，大不了这个旧梦世界里有对现实世界的期待镜像。

也有一部分诗人在自己的诗中所展现的诗境是第四象限里的情感，即新梦世界的情感，大不了这个新梦情感世界里也避免不了在旧世界仍未抵达的梦幻泡影。

但诗人阎安在这首名曰《玩具城》的诗里展现的是一个全景世界。既隐喻着一代人的过去质地，也隐喻着一群人的当下生活境遇。他在这首诗中展现的世界镜像，既包括世界观的生成，也包括人生观的挣脱，是多种象限的时代镜像所袭扰的一个虽虚幻却真切的灵魂或精神的映像。

这首诗的第一节所展现的诗境，主要是过去世界的镜像。狼群、月亮、火鸟和公马，是这个世界的四大基本构成。按东方诗维的惯性，狼走千里吃肉，所以狼是那个世界的共性之一，即胜者为王与力量狂欢。月亮是獠牙似的月亮，月亮是过去的世界中光明的一种，但那种光明是具有可悲之处的，即照亮我们过去世界的，恰恰也许只是某种别有用心的愚弄。火鸟，隐喻理想一类的意识，黑森林是未知世界的隐喻，火鸟极有可能隐喻的是一厢情愿式且带有牺牲意味的意识图景，曾经化解过未知世界和那个旧梦世界所共同带给我们的恐惧和惶惑。公马是雄性象征，隐喻过去的世界，亦包括现在的时代与世界，也许仅仅只是一个雄性肌肉作秀的世界。

　　这首诗的第二节是现在世界的时代镜像。铁、城、楼、玻璃，是这个世界的四大主要表征。结合这首诗的第三节，我们亦可以感觉到，现在的世界，似乎只是一个疑惧、顾虑和迷茫三者交织的时代。诗人阎安在这两节中之所以用"你们的时代"，也许只是为了或者说其实只是想从当下的这个世界侧身而出而已。"你们"的世界，其实就是我们的时代，也是我们当下的许多抵达，当然也是他个人的时代，即诗人阎安自己所置身的这个世界。

　　阎安在这首《玩具城》里没有带任何私欲或偏见地诗性袒露着自己的诗维世界。关于现在的这个世界，或者说当下的这个时代，阎安的这首诗是着墨最多的。在诗人阎安的笔下，当下的世界，不仅是一个父母与另一种类似玻璃的材料拼接而成的带着旧时代的潜意识与新时代的易碎性质的脆弱的镜像，也是一个梦的世界，深具玩具城的潜质。

　　帝王的阴影虽然被诗中的"我"涂成了白色，但那只是自欺欺人，那个阴影还是没有被诗中的"我"涂掉，还在显性地或者隐形地存在。铁在旧世界跟狼一样出色，在现在的时代却犹如树根，不仅羞愤难当，而且湿度重重，这么湿漉漉的铁，难免让人想到生锈。因为虚伪吃灵魂，锈吃铁，所以以钢筋水泥土为表征甚至欲图为根的这个世界，诗人是满怀隐忧的。

　　按经典的东方诗维，所谓水中月、镜中花，镜子在这首诗中就是梦的隐喻，也是这个世界的诸多衍生性而非原创性、这个世界的诸多虚假性而非繁荣性的诗性暗示。在花园里种镜子就是在满世界种梦，种出来的许许多多的镜子把光亮成倍成倍地放大，就是梦或者意淫式的光怪陆离在把前路的所谓光明或鸡血无限虚掷。陷阱在这首诗中有两种，一种是狐狸的陷阱，那肯定是故意的阴谋；一种是鹿的心脏并未停止搏动的陷阱，也就是说鹿已经死了，活着只是一种泡沫式的自淫。至此，世界的死气沉沉、身魂不一、虚性繁荣、危机暗置和荒诞不经甚至荒唐可笑，被诗人抒写得可谓淋漓尽致并入木三分。

　　诗的最后，关于诗中的"我"，诗人阎安给了三条定义：梦的孩子、世界的孩子，居住在玩具城里的旧时代与"你们的时代"失去了家乡和方向的孩子。世界在这首诗里其实不仅是一个具象，是一个单体形象；而且是一个类形象，是一个当下世界诸多现代人或集体的群像。落后、浅薄、虚妄、脆弱、危险、幼稚可笑、不堪一击，是这个类形象的最基本的诗性特征。诗人虽然清晰地看到了这些，但也因为无法置身世界与时代之外，而以自我嘲弄的口吻深深忧虑，却也无可奈何。一句"我是世界的孩子"，诗人可亲亦可敬，半成年亦半孩童，置身、侧身亦抽身，半人、半魔亦半神，现实、梦幻与浪漫多维交织的诗性精神质地一览无余。

阎安诗歌的探索性与尖锐性，包括深刻性与原生性，是被当下的诗界严重漠视或严重低估的。阎安诗维世界的独特、深刻、幽深与阔远，在这首诗里，主要表现为诗性描摹的这个全景世界镜像，即：既有旧的意识与潜意识跟旧的时代与新的时代所共生的当下世界的镜像，也有新的意识与潜意识跟新的时代与旧的时代所交织的世界的镜像。

其实诗人阎安在这首《玩具城》里诗性描绘的世界镜像，并不是平面直角四象限的，而是立体多面多层多维的。这首诗所建立的诗维镜像，其实还有一条欲望轴线我们许多人没有看见，它既与时代之轴面垂直，也与意识之轴面垂直，是非常丰盈、广袤、浩瀚和值得多重多维感悟玩味的。

10.玛丽活在世上

我的女友玛丽活在世上

玛丽，我是你心地纯朴的小猎人
我要买下一万座花园
交由你来看管

玛丽，信不信由你

宇航员丘切托夫作证：
我要在天空　那水淋淋的蓝纸上
剪下半瓣还多的月亮　我内心的金黄
一种类似老虎的颜色
装饰你的花园　你的
又白又细的颈项

我的女友玛丽
你要好好地活在世上

我的耳朵在等着你
我的贪婪的耳朵还要听你的悄悄话
带着妖冶香味的悄悄话——
我的小猎人，大灰狼
你怎么还是你：
寂寞的时候　龇牙外露
剑的光芒
让我来给你温柔

我的女友玛丽　面包师的女儿
深谙制作发面的原理
她一出现　我就又绵又软

我的女友玛丽活在世上
心爱的人，心地单纯的人
我要她活在世上

细读： 在我个人的阅读印象中，阎安的诗歌一直是透过世界的表象面对自己内质精神的写作，很少专注于某一个具体的人或者外在风物。

他的诗歌，无论是刺探时代、领悟日常，还是描摹生活的异趣、展示自己独特的诗歌美学，都带有类形象的特征——即不是局部而是整体度量，不是个体而是群体察悟，不是只在诗述某一个时间点而是畅游时间的整个上游、中游和下游，包括入海口。

这种类形象的诗歌写作，往往需要对时代表象具有超乎寻常的洞穿力，也需要对世界的纷繁具有异于常人的甄别与艺术判断。

这首《玛丽活在世上》，就具有这种类形象写作的创作特质。诗中的玛丽，绝对不是特指某一个人，绝对不是爱情的某个点位，而是表达对整个爱情，特别是爱的纯度或理想标高的全部渴望和模式追溯。

玛丽这个诗性形象的三个特点——俏皮、妖冶、单纯，不能读作是诗人阎安对爱情对象的三个主要诉求，而是自己对轻松生活、异质对唱和零负担静享的个人精神内核的最基本的坚守。

"我"这个诗性形象的浪漫、寂寞、黯然神伤，也并不仅仅是代表着外部世界的物化、纷繁与坚硬，而是预示着自我应有的担当、本我一贯的内质和小我面对一切形制的过往的阔远与深邃。

　　爱是这个世界唯一一件不可随便抛弃的东西。这个世界的全部意义，也许都只是来自各种形制的爱的守候或者爱的陪伴。在这个物欲横行的世上，没有爱，就没有宽恕；没有爱，就没有持韧；没有爱，就没有诗意和远方。

　　"我是你心地淳朴的小猎人"，"我的女友玛丽/你要好好地活在世上。"

　　——也许诗人阎安在这首《玛丽活在世上》的诗中所诗性描绘的这个玛丽已经不在人世了，玛丽只是一种理想的存在。这首诗的情感纹理，也只是一种悼亡，只是一种怀恋，只是一种追忆。

　　"让我来给你温柔"，"我的女友玛丽活在世上/心爱的人，心地单纯的人/我要她活在世上"。

　　——也许诗人阎安在这首《玛丽活在世上》的诗中所描绘的爱情图景，只是另一种纸上谈兵，只是另一种乌托邦、另一种望梅止渴。

　　但这种对真爱的渴望和真爱没有被世俗污染的纯净如初的样子，的确不仅令人神伤，也令人非常神往。

11. 天空色的围裙蓝

那个在山上终生割草割太阳的女人

那个割草喂牲口　　割太阳喂我们的女人

那个用草木的汁液染布给我们缝衣服的女人

那个在黄河边上洗涤朽木和污泥的女人

那个用陶罐给山顶上的父亲和烈日送水的女人

那个把白布染成黑布、蓝布、红布、绿布

重重地装饰荒凉年代的女人

那个在天空比天空色的围裙蓝还蓝的地方

终生念叨儿女的乳名却忘记了唱歌的女人

那个在山顶上看着鸟群和夕阳沉入苍茫群山的女人

去年我回到故乡　　给她的墓地种了草

今年我回到故乡　给她的墓地种了树
明年我还将回到故乡
把天空和她的天空色的围裙蓝
用她生前发明的洗染白布的方法
小心翼翼地再染一遍

母亲　天堂太远　尘世更远
而我们的眼泪　尸骨和灰烬
将被异乡像风尘一样散落或者收敛
有朝一日　你的天空色的围裙蓝
也将落满风尘和枯枝
你留下的围墙和天空
再也无人染色　将渐渐发白
白得一无所有
空空如也

细读：阎安的这首《天空色的围裙蓝》，虽然也是在写母亲，但阎安笔下的母亲，不单纯是一个女人瞬间或者一生的写照，不单纯是某一类人生命的卑微与抗争的悲壮的缩影，也不单纯是诗人私人情感的抒写或修辞的幻术的秘炫。

从表面上看，这首诗虽然只写了三种情感——对母亲的怀恋、对故乡的祈愿和对人世的悲叹，但从更深的层面上来看，对母亲的怀恋中还渗溢着对那个荒凉年代的拷问，对故乡的祈愿中还渗溢着对传统自然生态美被严重破坏的深忧，对人世的悲叹中还渗溢着对时间恒性定律的体味、尊崇和诗性指认。

这首《天空色的围裙蓝》，一起笔即用了八个相同的句式——"那个……的女人"，极尽铺陈、比喻、拟物、渲染等手法。

用割草、染布缝衣服、洗涤朽木和污泥、给山顶上的父亲送水、终生念叨儿女的乳名等庸常生活的大量细节的堆积，来展现母亲的勤劳、辛苦、善良、贫穷和卑微。

用割太阳、给山顶上的太阳送水、忘记了唱歌、装饰荒凉年代、看鸟群和夕阳沉入苍茫群山等许多浪漫的诗性图景的简单叠加，来展现母亲的伟大、柔韧、坚强与对美好生活的依恋和向往。

至此，诗人用十个诗行，就把传统意义上的母亲的形象树立了起来。这形象中当然也渗溢着时代的坚硬与生活的粗粝。

为了进一步使这首诗歌从情感和叙述上更加饱满，或能使这首诗从诸多抒写母亲的诗歌中侧身而出，诗人阎安还在这首诗中，引入了与母亲这一形象相关的更深一个层面的诗素——墓地，极大地拓展了这首诗的诗维的时间与空间，既承上表达了悲，也启下式地表达了忧。母亲这一诗素，也渐渐由诗歌的本物变成诗歌的他物，使这首诗的情绪逻辑也由怀人上升到了忧时与问世。这个时，其实不是时代的时，而是时间的时；这个世，其实也不是世界的世，而是尘世的世。

从母亲到墓地，再由墓地到尘世，也就是这首诗的最后一节，才是诗人阎安的意旨本初和诗维真相。至此，聪明的读者也许才真正地明白，母亲其实并不是诗人在这首诗中的最终言归，而是诗人思考世界与自己所处时代的一个情绪、逻辑和意义上的载体，这才是这首诗最高明和最宏阔的地方。

那个重重地装饰荒凉年代的女人，早已经被诗人安顿在了墓地；那些经常被弄脏的故乡式的天空色的围裙蓝，诗人也时时在擦拭或漂染；而这些被异乡像风尘一样散落或收敛的——我们的眼泪、尸骨和灰烬，似乎还至今无处安放。

这，也许才是诗人在这首诗中所要表达的终极思考与终极思问；这，也是这首诗的最大的价值与意义之所在；这，也是至今困扰着我们许多人的锥心之痛。

12.地道战

我一直想修一条地道　一条让对手
和世界全部的对立面　丈二和尚
摸不着头脑的地道　它绝不是
要像鼹鼠那样　一有风吹草动
就非常迅疾地藏起自己的胆小
不是要像蚯蚓那样
嫌这世上的黑暗还不够狠
还要钻入地里去寻找更深的黑暗
然后入住其中　也不是要像在秦岭山中
那些穿破神的肚子的地洞一样

被黑洞洞的羞愧折磨着　空落落地等待报应

我一直想修的那条地道　在我心里
已设计多年　它在所有方位的尽头
它在没有地址的地址上
但它并不抽象　反而十分具体
比如它就在那么一座悬崖上　空闲的时候
有一种闻所未闻的鸟就会飞来
住上一段时间　乘机也可以生儿育女
如果它是在某个峡谷里　那些消失在
传说中的野兽就会回来　出入其中
离去时不留下任何可供追寻的踪印

比如一个人要是有幸住在那里
只能用蜡烛照明　用植物的香气呼吸
手机信号会自动隐没
比如只有我一个人　才谙熟通向那地道的路
那些盯梢的人　关键的时候被我一一甩掉
他们会突然停下来　在十字路口
像盲人一样　左顾右盼
不知所措

我一直在修造着这样一条地道　或许
临到终了它也派不上什么用场
或许也许有那么一天　其实是无缘无故地
我只是想玩玩自己和自己
捉迷藏的游戏　于是去了那里
把自己藏起来

细读： 很多人很容易把阎安的这首诗和抗日老电影《地道战》联系起来，其实，他们二者之间无论从什么角度来说，一点关系都没有。

阎安在这首诗里所写的"地道"，一不是为了藏身或战斗，比如与对手或者异族的对抗，也与民族尊严无关；二是它并不存在，它只是诗人用以表达自己某些诗性化思考的一个载体，是虚构的诗像；三是它与隐逸诗素或者田园因子也没有任何对应勾连，它只是在幽幽诉说诗人自己的遗世情怀。

阎安的这首诗至少有三重现代维度。

第一重现代维度是，这首诗反映的是人和外部世界的紧张关系。

阎安在这首诗的第一个诗节中所选用的"对手""世界全部的对立面""丈二和尚/摸不着头脑"等诗维元素，强烈地表达了现代人与生活或时代的隔离感或者对立感。

尤其是物质的速度与精神的速度所形成的反差或者错位，使许多现代人陷入了巨大的灵魂黑洞。所以，阎安在这首诗中竭力想从现代社会中侧身而出的"地道"，其实是与现代人如影随形的潜意识里的恐慌，形成某种神秘的、以期达到某种精神性平衡的对抗。

这首诗所体现出来的第二重现代维度，是它抒写的是现代世界的喧嚣，包括人对自己初心的背离。

从诗人阎安用"只能用蜡烛照明"、闻所未闻的鸟乘机生儿育女、野兽就会回来出入其中、"手机信号会自动隐没"、"用植物的香气呼吸"等诗维元素，对这首诗的中心诗素"地道"的诗性凸显或艺术皴染来看，阎安对现代生活的典型模式或主流样板，是保持了相当程度的警惕之心的。

生物的多样性，包括生活方式的原始形制或返璞归真，在现代社会已经成了一件很奢侈或者很昂贵的事情。这本身已经是时代或者自然，对人类背离自己初心的一种无声的警告。

物质的过度繁荣和人性的过度膨胀，包括交流手段的无线丰富，已经成了许多现代人挥之不去的梦魇。人与自然的和谐，包括人与人之间的无障碍悦享，越来越让人们感觉是在痴人说梦。所以阎安的这首《地道战》，实际上诗写的就是人与时代之战、人与自己之战，或者物质与精神之战、喧嚣与静谧之战、信仰坚守与信靠坍塌之战。

这首《地道战》的第三重现代维度的体现，是它彰显的是现代人的自我拯救或者个性化的精神突围。

"派不上什么用场""自己和自己/捉迷藏""被黑洞洞的羞愧折磨着""空落落地等待报应""所有方位的尽头""没有地址的地址上"，当读到诗中的这些诗维元素的时候，现代人莫名其妙的空虚感，莫名其妙的紧张感或者压迫感、无助感，在这首诗中可以说是被诗人阎安描摹得淋漓尽致。

这首诗不仅对有些时代现象也进行了无情的嘲讽，比如盯梢，不仅对某些社会反面也有较为深刻的批判，比如有些人就像蚯蚓一样，嫌这世上的黑暗还不够狠，还要钻入地里去寻找更深的黑暗；而且还对现代生活的贪婪、纷繁和庸碌表达了自己的担忧，比如漫天乱飞的手机信号，比如鼹鼠的胆小和穿破神的肚子的地洞的羞愧和空落落。

阎安这首诗中的"地道"显然是虚写，或者说，更多的是一种象征。"地道"象征的是现代社会的侧身而出者，对当下时代许多纷繁、庸碌的对抗；而"地道战"，则是象征着人对现代生活方式或追求祈愿的一种精神性的对抗或者灵魂式的突围。

这是一首思考当下时代内核的诗，这是一首使现代人的灵魂能得以澄清或回归初心的诗。它欲图在现代的精神废墟上有所建设。它欲图让现代人的精神家园，从现代生活的诸多忙乱中侧身而出，并真正地面朝大海，春暖花开。

13. 无名氏授权书

把天空还给鹰

和胡燕

把松木还给南风和北风

把黄金的海岸线还给海水

把盲人的琴声还给葬身海底的骸骨和朝代

还给荷马

这被孤苦伶仃的海水淹死的人

把我的身体还给卡通故事片中的战神和

智慧之神

把语言还给那个亲吻死亡

如同亲吻婴孩的人

把去年不慎打碎的一面镜子

还给冷冻加工厂

把月亮还给水井

细读：在我所读到的阎安的所有诗歌中，这首诗是最容易被模仿的一首。这首诗之所以最容易被模仿，就诗技而言，是因为这首诗一以贯之的"把……还给……"这种句式，包括这种句式排比之后所产生的特有的撩人心魄的语势。

只沉溺于这种句式或者语势的撩人气息并大量激情克隆，无疑就像沉溺于机器人小冰所写的诗集《阳光失了玻璃窗》之中并自叹弗如。

如果说机器人小冰悄然混迹于互联网上的各种诗歌论坛，甚至还在传统文学媒体发表诗作，一直到自曝身份前还从未被识破，是对当下诗人的一种最大的侮辱的话，那么这种机器对人的否定和羞辱可以说来得非常及时。

在阎安的这首诗中，天空缺少鹰和胡燕，南风和北风中缺少松木的沉潜气息，海水缺少黄金海岸线，时代缺少荷马和他的琴声，每一个身体既缺少战神的胆略，也缺少智慧之神的聪颖和敏锐，冷冻加工厂缺少一面镜子，水井缺少月亮。

总之一句话，这个各种物质越来越丰富、各种技术或者说各种技巧越来越纯熟的世界，缺少生机，缺少心魂，不仅春节越来越缺少年味，就连各种各样的人也都缺少各种各样的人味。

缺，其实就是错位的另一种表述。阎安的这首诗性十足的《无名氏授权书》，其实就是给这个充盈着各种严重错位的世界最响亮的一记耳光。

14. 珍珠劫

地球上好多来自天外的事情　比如珍珠
我是打小就决意要获取它的人
我由此也是未及成年就听到了命运的召唤
像逃离劫难一样逃离故乡的人

我爷爷知道我是外出谋取珍珠的人
他归天时我正在西藏　比他灵魂更高的山上
我第一次引颈眺望故乡　第一次

两手空空痛哭流涕
我父亲知道我是寻找珍珠的人
他在梦里能反复看见我手拿珍珠头破血流的样子
他为此天天为我捏一把冷汗
夜夜为我做一场噩梦

我后来才知道　我们村上
那些从野外拿回珍珠的人
一个个都没有好下场：他们有的莫名其妙地发疯了
像山鬼一样终其一生沿着山脊狂奔
有的旁若无人　对天妄语　昼夜不止
有的在失踪多年后　突然传来消息：
那个人已陈尸于异乡的街头

我其实一直在改变自己　比如前不久
我再次回到乡下老家
看望比记忆中的爷爷更为衰老的父亲
却发现只有他依然怀揣一颗至死不渝的心
在临别时一再叮嘱：
"城里珍珠多，喜欢你可以多看看
但千万不要拿它回家
好珍珠烫手也要命啊！"
虽说有些心不在焉　但我仍然像一个乖孩子一样
答应着父亲　一边答应
一边依然是向外走的人
依然是怀揣着灰尘和野性的一个人
一个多年寻找珍珠而不得的人
一个被来自天外的事情所左右的人

但我记住了那一刻　那一刻

傍晚的乡村已然暮色苍苍
当父亲和送别的人渐渐隐入黑暗
我也渐渐隐入黑暗之后　　在路上
我突然变得不能控制自己
在黑暗中徒然地举着空空的两手
禁不住热泪滚滚

细读：唐朝诗人白居易《自解》一诗中有这么一句："我亦定中观宿命，多生债负是歌诗。"但阎安在这首《珍珠劫》里所诗性表现的宿命意识，跟白居易，跟绝大多数古今中外具有东方文化背景或宗教情结的人是全然不一样的。

作为代表陕西诗歌乃至中国诗歌最高成就之一的诗人阎安，他在这首《珍珠劫》里所诗性展现的带有他自己独特精神指纹的宿命意识，绝不是一种投诚，而是一种检索；绝不是一种自嘲，而是一种自砺；绝不是一种皈依，而是一种萌发。

面对故乡，面对北方，特别是面对这个世界好多来自天外的事情，比如珍珠，以诗歌为剑并仗剑走天涯的阎安，一直都寂然独行在灵魂的戈壁与精神的旷野和诸神交战。他不在乎胜败，不在乎荣辱，不在乎自己痕迹的端正或歪斜，甚至都不在乎自己的骸骨最终是会被大风掩埋还是被时光冲走。

他只是走，当然也回望故乡；他只是一探究竟，当然绝不止于一探究竟。他知道缪斯走丢的东方与西方，是怎样的荒凉，他也知道唯有自己怎样拓垦和耕种，才能疗愈那些发癫的大风、骨折的粮食和气若游丝的淡水。他坚信那颗来自天外的珍珠，一定在北方的某个风口，在熠熠生辉，在等着他去拿。

而这种超乎寻常、超越名位、融汇着日常、凌驾于所谓文学使命之上甚至是一意孤行的宿命的执拗，却恰恰是当下许多诗人所漠视甚至丢弃了好久的东西。何况，这种执拗，它还不带任何偏见，不带任何预设，不与任何暂时占据了所谓艺术制高点的喧嚣纠缠，也不与任何既得利益的风格或流派为敌。这就更为难能可贵了。

越来越会写诗、越来越能写诗、自信得在常人眼里几乎可以算得上是自负的陕西诗人阎安，这个诗中被他的祖父认定为寻找珍珠的男人，这个诗中被他的父亲告诫并为此天天为他捏着一把冷汗的北方汉子，不仅怀揣着灰尘和野性，在黑暗中有时还禁不住会热泪滚滚，但他显然已经击败了时代，收服了油滑，唤醒了烙印着自己专属号码的雷电风，正朝着他既定的远方从容地葳蕤。

15. 整理石头

我见到过一个整理石头的人

一个人埋身在石头堆里　背对着众人

一个人像公鸡一样　粗喉咙大嗓门

整天对着石头独自嚷嚷

石头从山中取出来

从采石场一块块地运出来

必须一块块地进行整理

必须让属于石头的整齐而磊落的节奏

高亢而端庄地显现出来

从而抹去它曾被铁杀伤的痕迹

一个因微微有些驼背而显得低沉的人

是全心全意整理石头的人

一遍遍地他抚摸着

那些杀伤后重又整好的石头

我甚至亲眼见到过他怎样

借助磊磊巨石之墙端详自己的影子

神情那样专注而满足

仿佛是与一位失散多年的老友猝然相遇

我见到过整理石头的人

一个乍看上去有点冷漠的人　一个囚徒般

把事物弄出不寻常的声响

而自己却安于缄默的人

一个把一块块石头垒起来

垒出交响曲一样宏大节奏的人
一个像石头一样具有执着气质
和精细纹理的人

我见到过的整理石头的人
我宁愿相信你也见过
甚至相信某年某月某日
你曾是那个整理石头的人
你就是那个整理石头的人

细读：《整理石头》这首诗，以自然冷静的限知视角切入，以强大的隐喻系统为表征，以洗练的铺陈手法为核心，为我们诗性揭示了一个"整理石头的人"的神韵气质与精神旨趣。

阎安为我们诗性刻画的这个"整理石头的人"，他埋身在石头堆里，背对着众人；他微微有些驼背，乍看上去有点冷漠，囚徒一般；他粗喉咙大嗓门，整天对着石头嚷嚷，公鸡一样；他甚至有时候借助磊磊巨石之墙端详自己的影子，神情那样专注而满足，仿佛是与一位失散多年的老友猝然相遇。

可就是这样的一个人，他不仅每天一块一块地把从采石场运出来的石头进行整理，把那些石头一块一块地垒起来，一遍一遍地抚摸那些一块一块地从山中取出来的石头，而且必须让属于石头的整齐而磊落的节奏高亢而端庄地显现出来，从而抹去它曾被铁杀伤的痕迹，甚至能把那些石头垒出交响乐一样的宏大节奏。

这是一个怎样的人？这是一个简单的整理石头的人吗？这分明就是一个像石头一样具有执着气质和精细纹理的人，这分明就是一个东方版的西绪福斯。

关于西绪福斯这个西方神话人物，各种说法或评价的分歧在于是否要赋予这地狱中的无效劳动者的行为动机以价值。其实诗人阎安在这首《整理石头》中诗性描绘的这个"整理石头的人"，也颇具这种争议。

这个"整理石头的人"，这个把事物弄出不寻常的声响而自己却安于缄默的人，他的执着和精细中有多少无奈，有多少自足，有多少被迫，有多少自愿，他每天这样的工作和这样的执着精细又有多少价值或意义，诗人阎安工笔细描的这个版画般的诗歌人物又有何深意呢？

于是我又想起我们学校那位每天都认真细致地整理学校垃圾棚里的垃圾的老者。他无视垃圾棚就在厕所旁边,他连口罩都不带,一边听秦腔一边把垃圾棚里的垃圾分类整理,有时候他还把他老婆带来一起整理,他或者他们整理垃圾时的那种执着的神韵气质和精细的精神旨趣,与诗人阎安这首《整理石头》中的"整理石头"的人相比一点都不逊色。

因此我个人觉得,诗人阎安的这首《整理石头》中诗性刻画的这位"整理石头的人",其实就是我们每一个执着或具有精细纹理的自己的诗性缩影或哲思性投射。

其实我们生活中的每一个人,无论从事什么样的工作,都是在"整理石头"。整个世界就像一个采石场,我们都是在整理各种各样的"石头"。画家是在整理石头,政治家是在整理石头,商人也是在整理石头。

而且,我们不仅要把这些"石头"整理出属于"石头"的整齐而磊落的节奏,比如政治家所追求的各种秩序的整齐划一;不仅要把这些"石头"曾被铁杀伤的痕迹抹去,比如商人对商品的包装和商家对员工所要求的微笑服务;而且要把这些"石头"垒出交响乐一样宏大的节奏,比如画家的百米长卷创作;而且我们在整理各种各样的"石头",也就是从事各种各样的"工作"之余,也会像借助一些外物,像庄稼人欣赏自己所种出的各种成片的庄稼一样,来神情专注地端详自己的影子。

好诗在诗性内容上,在我看来最起码应该有三个特质:一是远离生活现场,包括时代现场,比如叶芝的《当你老了》,它的诗性不会因生活现场或时代现场的变换而受到任何影响;二是要远离政治,远离世俗的纷争,比如海涅的《西里西亚的纺织工人》,当然,远离政治与世俗纷争并不等于远离生活。三是要着力于人性共通的精神肌理剖析,着力于真善美乐和假恶丑苦的软肋砍杀。我们试想,那些经过大浪淘沙,经历数十年、数百年或数千年留下来的优秀诗歌中,又有哪些是昙花一现?

好读与不好读,绝不能被当成评判好诗的唯一标准。就如网络点击率并不一定能代表网络作品的质量一样,诗歌作品的受众多寡也与诗歌作品的质量不是一一对应的关系。

诗歌是语言的艺术。阎安的这首《整理石头》别的暂且不论,就重复手法的运用而言,和当下的许多用惯了重复手法的诗人便不一样。同样是同一个意思或同一个句子的重复,但他绝不会机械性地重复,而是稍加变化,从而不仅使感情跟进,也使诗意在层递中跟进。比如这首诗第一、四、五节各自的第一句:"我见到过一个整理石头的人""我见到过整理石头的人""我见到过的整理石头的人"。

诗人张洁曾说过这样一句话:"诗怎么写,各有各的观点。我不是狭隘的人,非要你理我同样的发型。"我很是赞赏这种包容共生的诗歌态度。但是,诗歌毕竟是想象力的艺术，更是思想的艺术，它自有其成为独立体裁的独特理由。

没有思想、情感和真善美驱动的想象力及其诗语表达，是对诗歌这种文学体裁本身的侮辱，是对语言本身的亵渎，也是对自己诗歌能力的自我阉割。

把事物，或者说寻常的事物弄出不寻常的声响，这恐怕就是诗歌艺术最高的境界了。阎安做到了。

16.北方那些蓝色的湖泊

越过黄沙万里　山岭万重
就能见到那些蓝色的湖泊
那是星星点灯的地方
每天都在等待夜幕降临
那些只有北方才有的不知来历的石头
在湖边像星座一样分布　仿佛星星的遗骸
等着湖泊里的星星点灯之后
他们将像见了失散多年的亲人一样面面相觑
不由分说偷偷哭泣一番
我相信那些湖泊同样也在等待我的到来
等待我不是乘着飞行器　而是一个人徒步而来
不是青年时代就来　而是走了一辈子路
在老得快要走不动的时候才蹒跚而来
北方蓝色湖泊里那些星星点亮的灯多么寂寞
湖边那些星座一样的巨石多么寂寞
它们一直等待我的到来　等待我进入垂暮晚境
哪儿也去不了　只好把岸边的灯
和那些在巨石心脏上沉睡已久的星星
一同点亮

细读： 真正的诗人，似乎应该是人类灵魂秘图的显影液；真正的诗歌文本，似乎应该是人类精神仓库里也许最残缺不全的安魂谱。

好诗人似乎都是遍体鳞伤的逃亡者，孤独似乎是他们唯一的行李，他们似乎唯有饮用寂寞才能续命，他们似乎唯有嚼碎废墟才能接骨，他们似乎唯有以梦为马才能还魂。

好诗作为精神失火者的紧急疏散通道之一，既似乎泛透着灵魂溺水者救命稻草的气息，也似乎荡漾着寺庙木鱼和教堂钟声的涟漪。

诗人阎安的这首新作《北方那些蓝色的湖泊》，在我读来，就具有这种极具诗性悲剧色彩的诗学指向性价值。

除了这首诗的诗维原点极具东方属性与东方指向之外，诗人阎安人格个性的诗性介入与尊严风骨的诗性维度，也为这首短诗增色不少。但这首诗最值得解析的一个诗学意义却是：诗语的奇诡与诗境的陡峭。

这首只有19行的短诗却有五处充满大生命诗学意识和大生命诗学基准的想象与联想：

1.那些蓝色的湖泊，是星星点灯的地方，每天都在等待着夜幕降临。

2.那些只有北方才有的不知来历的石头，在湖边像星座一样分布，仿佛星星的遗骸，他们在等待湖泊里的星星点灯之后，将像见了失散多年的亲人一样面面相觑，并不由分说偷偷哭泣一番。

3."我"相信那些湖泊同样也在等待我的到来，等待"我"不是乘着飞行器，而是一个人徒步而来；不是青年时代就来，而是走了一辈子路，在老得快要走不动的时候才蹒跚而来。

4.北方蓝色湖泊里那些星星点亮的灯多么寂寞，湖边那些星座一样的巨石多么寂寞。

5."我"哪儿也去不了，只好把岸边的灯和那些在巨石心脏上沉睡已久的星星一同点亮。

这五处充满大生命诗学意识和大生命诗学基准的想象与联想，虽然是许多优秀诗人所共有的特征，因为所谓诗学天才都必须共有这样的诗维原点和诗维想象能力；但是诗人阎安的这五处极具个性诗悟色彩的诗语和诗境，却很是奇诡和陡峭。

首先是蓝色湖泊在等待夜幕降临，星星遗骸一样的巨石阵在等待湖泊里的星星点灯之后抱头哭泣；其次是那些湖泊同样也在等待"我"的到来，等待"我"徒步而来，等待"我"在老得快要走不动的时候才蹒跚而来；最后是湖泊里那些星星点亮的灯多么寂寞，湖边那些星座一样的巨石阵多么寂寞，"我"多么寂寞和无奈。

如果说蓝色湖泊在等待夜幕降临是为了点亮湖心里的灯火，那么在湖心的灯火点亮之后巨石阵为什么要偷偷哭泣？还有，那些湖泊为什么不愿意看见"我"乘着飞行器而来，为什么不希望或者说不喜欢"我"在青年时代就来？湖心的灯火，即星星的倒影，为什么寂寞？湖边那些星座一样的巨石阵为什么寂寞？"我"，又在诗性地无奈着什么？

这么些诗学想象与联想生成的文字背后的连续追问，实际上才是这首诗诗语的奇诡与诗境的陡峭生成的真正具有诗学价值和诗学意义的地方，也恰恰是诗歌文本读者最容易忽视和最容易迷惑的地方。

读这样的诗歌文本，你动荡不安的灵魂将愈加动荡不安。因为在我的极其狭窄的阅读视距之内，这是一个全球性精神或灵魂危机的巨大隐喻，在现代汉语新诗中首次以诗学想象的独特方式诗性展现。

这首诗最奇诡和陡峭的地方，也许还不在于这五处极具个性诗悟色彩的诗语诗境及其背后潜藏的逻辑性的多个追问，而是在于它从头至尾诗性渲染的一种色彩性的神秘诗素，即北方湖泊的"蓝"。

而在这诸多的诸如"天蓝""湖蓝""宝石蓝""孔雀蓝""正蓝""蓝紫"等详细的蓝色分类之中，"湖蓝"，即诗人阎安在这首《北方那些蓝色的湖泊》中诗性渲染的这种北方湖泊深邃的蓝色，却又带着跳脱的亮光，美丽得像是沉浸在无尽的静谧中的湖水。它似乎应该与纯净、沉稳、理智、准确、勇气、冷静、社会阶层划分、深邃、神秘等等与蓝色有关的暗示或隐喻都无关。它似乎应该与原色、永恒、忧郁、永不言弃、高贵等诗人的诗悟有关；或者它纯粹就是"等待"或者是"禁语"的颜色，因为通常在充斥这样颜色的地方，人们的对话都会减少。

这其实也无形中暗合了当今全球、全人类一体化的时代语境下，这个物质极度繁荣却精神凝聚的内核愈来愈四分五裂、动荡不安、更加复杂的时代，我们全人类正在面临的时代变局与共同遭遇，即：集体等待、集体孤独或忧郁，还有集体禁语或集体自我毁灭。

诗人阎安曾说："你必须对一个时代文学的生态与思想、观念与作品进行历史的、现实的，甚至跨语种、跨文化、跨界域的整体的综合与判断，在作品之外进行新的文学观念与思想的建设。"

诗人阎安还说："在当今全球、全人类一体化的时代语境下，人类的物质现实、精神现实和经验世界互融互汇，发生着同质同向的剧烈演变，与此相伴随，碰撞与交锋也表现得更加普遍和深入。在这个四分五裂、动荡不安、更加复杂的时代，今天的诗人和诗歌如何面对时代变局，以新的创造力和诗性提炼应对、抵制人类精神能力的日益弱化，是全球诗人和全球诗歌共同遭遇的一个课题。"

无论你喜欢不喜欢诗歌，这些论说都值得你悉心品味和体会。

诗歌的确应该有诗维的大原创和诗性的大格局；诗人的确应该是人类灵魂和人类精

神的卧底或先驱。

17.中年自画像

在大海边住下来虚掷青春

在大海边

喝了整整十年海水

我曾被一种无人认识的怪物鱼咬过几回

跳到海里时被蓝海藻纠缠过几回

我曾拜托水手和信天翁寄往海上的信

一件件石沉大海

喝着海水的等待

让海水拍打着的等待

没等到白了头

却让头发慢慢落光了后脑勺

露出葫芦之美

而一只从北方带去的蓝釉瓷杯

在逃离一场梦里袭来的海啸时

落地而碎

让我喝了一肚子海水的一个梦

以及与大海同样湛蓝的一堆瓷的碎片

同时葬身海底

让海水搓来搓去的黄肚皮

人到中年也未变成海青色的蓝肚皮

在大海边虚掷了全部青春

中年回到了北方

那最容易放弃怨恨也放弃伤怀的

高纬度地带

如今我住在抬头就可眺望秦岭的地方
住在很多人天不亮就来打水的水井旁
住在一条隐姓埋名的河
流经的地带
我的不远处有一家戒备森严的
飞机制造厂
稍远处据说还有一个秘密的
航天器试飞基地
认识一些造飞机的朋友和一些精通
航天飞行秘密的人
如今是我肚子里
除了海水之外仅有的一个小秘密
现在我每天的工作就是有点失魂落魄地
守着我的小秘密
像一个疏于耕种的邋里邋遢的远乡农夫
每天无所事事地傻等着
每天睡很少的觉

一个翻山越岭
连滚带爬从海边归来的人
一个被大海和它虚无的湛蓝
淘尽了青春的人
灰溜溜地回到了秦岭以北
如今已不事精耕细种的北方
一肚子瓦蓝瓦蓝的海水没处吐
朝朝暮暮近乎吊儿郎当的悠闲里所深藏的
沉默　和近乎荒唐的小秘密
也没人知道

细读： 从古至今，很多诗人写过自画像，在我个人的阅读视距之内，除了苏轼的那首《自题金山画像》之外，最使我迷醉的就属诗人阎安的这首《中年自画像》了。

彼得·巴勒曾说："看清别人容易，看清自己困难。"这个自己，既包括个人，也包括团体、民族或国家。阎安这首《中年自画像》的第一重诗学魅力，就是宏阔多维的诗性反省能力。

阎安的这种诗性反省，不只是在以身观身，站在时间的某个点位，比如说中年，检视自己的青春虚掷，唏嘘自己的追觅错位，勘测自己的将来基点；不只是在以家观家，以乡观乡，在秦岭以北回视大海之滨，搓着自己的黄肚皮在庆幸它没有变成蓝肚皮，以失魂落魄、邋里邋遢来作为梦碎一地、怨恨伤怀的回声；而是在以邦观邦，在以天下观天下，在进行着多喻多解型的多重思考，比如制度，比如伦理，比如美丑，比如对错，比如系统性崩溃，比如初心和归路。这个自绘诗学云图和私募诗学星辰的人，甚至是在以星系反观星系，以暗物质反观暗物质，一如一位手持闪电的诗界的阿基米德，一直在寻觅一个支点，想撬动整个，最起码是东方一域的人文宇宙，并欲图自如地徒手泗渡到彼岸。

阎安这首《中年自画像》的第二重诗学魅力，就是诗中所弥漫的那种无与伦比、让人心疼并令人心痛的孤绝气质。

这种孤绝气质，首先表现在从诸多先行者中的侧身而出；其次表现在从诸多先行者中侧身而出之后，决定坚守自己仅有的一个小秘密时而被视为荒唐的精神窘境。

唐代诗人顾况在其《弋阳溪中望仙人城》一诗中说："何草乏灵姿，无山不孤绝。"诗人阎安在这首《中年自画像》中诗性展现的孤绝，不是孤立无助，而是高峻、高耸。

在许多人还在大口大口、如饥似渴并津津有味地狂喝着湛蓝湛蓝的海水的时候，他连滚带爬地从海边回来，是孤绝。当梦里袭来的海啸把他从北方带去的蓝釉瓷杯击得粉碎并葬身海底，灰溜溜的他回到高纬度的北方之后，北方早已不事精耕细作且疏于耕种，也是孤绝。他被视为荒唐，他被视为整天无所事事地傻等，他被视为朝朝暮暮近乎吊儿郎当，更是孤绝。

可又有谁知道，这孤绝，不是英雄末路，不是复辟倒退，不是废而无用，而是少数人的光。

这种孤绝之所以说无与伦比、让人心疼并令人心痛，就是因为这种孤绝之中所渗溢出来的那种先知意识与前瞻光晕，包括这种孤绝深处所波动的那种汨罗江边式的忧愤与焦灼。

"一肚子瓦蓝瓦蓝的海水没处吐""在大海边虚掷了全部的青春""我的不远处有一

家戒备森严的/飞机制造厂，稍远处据说还有一个秘密的航天器试飞基地""如今已不事精耕细种的北方"，当读到这样的诗句的时候，谁又能说诗人阎安不是当下现代汉语新诗诗界的林则徐呢？

"满纸荒唐言，一把辛酸泪。都云作者痴，谁解其中味？"

这个"连滚带爬从海边归来的人"，他在睁眼看自己，他在睁眼看世界，他也在睁眼看中国。在当下的现代汉语新诗诗界，他也正在上演着一场一个人的诗学战争，上演着一场另一种形式的文学化的虎门销烟。

18.全世界的鸟都飞向黄昏

全世界的城市都向郊区扩张

全世界的鸟都飞向郊区的黄昏
那里有幸被竹林子包围着的桃花潭
有幸被更茂盛的树林子笼罩的旷野
是全世界的鸟选择黄昏
去会见亲人和亲戚的地方

青翠的树林子和竹林子
占据了大片的庄稼地和村庄的撂荒地
一个赶走了大批人口和住户的地方
一个用树林子半是掩盖半是装饰的荒凉地带
无数阴影般的鸟　像无数个黑暗的碎片
它们铺天盖地从黄昏中飞来
在郊区和树林子特有的幽暗中
像要发动一场起义似的沸腾着

全世界的鸟都飞向黄昏
被树林子和竹林子深深占领的郊区
没有塔尖可以缠绕

也没有月亮可以缠绵的郊区
巨大的鸟群仿佛刚刚醒来一样
仿佛要把整个郊区、整个树林子
和它的全部旷野
在黑暗中的荒凉全部叫醒
带向另外的地方

细读：作为现代化的一种标识，城市化是各种现代化手段中最狠的一种。而阎安的这首《全世界的鸟都飞向黄昏》，便是诗坛少有的针对现代社会城市化价值倾向的一种诗性思考。

城市化对不对？肯定是对的，这毫无疑问，要不人们也不会这么卖力地全球城市化。全世界的城市都向郊区扩张，不仅预示的是全球城市力量的增强，而且预示着人类文明从此进入了一个新的阶段。

可问题是，为什么社会的组织形式进步了，作为社会的核心要素的人却更加郁闷了，而且大有惶惶不可终日之势？那不是因为现代化，更不是因为城市化，而主要是因为现代人生活和精神的优化整合程度，还远远落后于现代技术推进下的物质丰富程度与环境优化整合程度。

"贤哉回也，一箪食，一瓢饮，在陋巷，人不堪其忧，回也不改其乐。贤哉回也。"《论语》中的颜回，之所以被孔子称为贤者，并不是因为他饮食简单、居住条件简陋，而是因为他的精神，他的不以物质追求为其终极目标的精神，他的不以物质的拥有程度为其衡量标准的精神尺度，而是因为他的坚定，而是因为他内心的明亮。

孔子的这句话也不是在强调简单生活的重要性，而是在强调人的衡量基准的重要性。孔子的衡量基准，肯定不是GDP，肯定不是财富，而是颜回的"乐"、颜回的不改的"志"。而颜回的"乐"对颜回来说才是最重要的，颜回的一箪食、一瓢饮、在陋巷的"初心"，其实才是颜回作为一个真正的人的重要标志。

在过去，物质的匮乏是人们陷入困顿境地的主要因素；而现在，物质的空前富有是人们重新陷入困顿境地的主要因素。所以，世界变了，我们应对世界的方式也要相应发生对应的改变。即所谓世变则事变，事变则备变。对于俨然已经进入城市化生活的人类而言，如何建立一种新的生活秩序与精神秩序才是最重要的。这个时代，少数人除外，我们很多人缺少的不是应该所拥有的物质，而是秩序。

在阎安的这首诗中，全世界的鸟都飞向了郊区的黄昏。在黄昏时分都飞向了郊区的鸟，其实不是鸟，而是人的象征，是人类社会本身的象征。

阎安在这首诗中诗性地展现了人类社会以城市化为主的生活图景：像鸟白天在巢外觅食一样，人们白天在城市打工；像鸟黄昏时分都归巢休息一样，临近夜晚的人们也大都回到了郊区。

城市中心—郊区、郊区—城市中心，这种恢宏的类似于群鸟迁徙的全新生活方式，很多人还都不适应。

可这其实还可能不是诗人阎安所关心的问题，诗人阎安在这首诗中所关心的人类当下的主要问题似乎是：我们的工作地越来越现代化，而我们的栖息地却越来越缺乏休息的属性；我们的生活似乎光鲜无限，而我们的内心却比任何时候都要更沧桑。

也就是说，我们的工作环境和我们的栖息环境已经形成了非常悬殊的两个极点。在诗中，巨大的鸟群仿佛刚刚醒来一样，仿佛要把整个郊区、整个树林子和它的全部旷野在黑暗中的荒凉全部叫醒，带向另外的地方。而在诗外，只有在生活或者栖息的时候的人，才是人，才有人的样子。一如在梦中，人才能遇见初心；在郊外，人才归位成人。在栖息地之外，在郊区之外，人，只是机器。过去很多人所做的工作，现在机器都能代替，就很能说明人类的这种窘境。

当然，阎安在这首诗中流露出来的诗性思考，肯定并不是否定现代化，因为没有现代化，我们在现在的这个星球之上就无法自然生存。他这首诗的目的，似乎只是在叩问我们每一个人、每一种意识形态、每一种时代制度，包括每一步的现代化它们各自本来的初心。

我们可能需要另一种与现代化相关的生活方式，需要另一种与城市化关涉的行走姿态，我们可能急需要对我们当下自认为合理的现代化了的一切重新思考，甚至重新规划。我们就像诗中仿佛刚刚醒来的鸟群一样，既需要一个黄昏，也需要一个郊区，既需要把在黑暗中的荒凉全部叫醒，也需要把自己带向另外的一个能回到生命本初的地方。

第三辑　一首长诗

裂开的星球——献给全人类和所有的生命

裂开的星球
——献给全人类和所有的生命

/ 吉狄马加

是这个星球创造了我们
还是我们改变了这个星球?

哦,老虎!波浪起伏的铠甲
流淌着数字的光。唯一的意志。

就在此刻,它仍然在另一个维度的空间
以寂灭从容的步态踽踽独行。

那永不疲倦的行走,隐晦的火。
让旋转的能量成为齿轮,时间的
手柄,锤击着金黄皮毛的波浪。

老虎还在那里。从来没有离开我们。
在这星球的四个方位,脚趾踩踏着
即将消失的现在,眼球倒映创世的元素。

它并非只活在那部《查姆》①典籍中，
它的双眼一直在注视着善恶缠身的人类。

不是我们每一个人都有明确的罪行，当天空变低，鹰的飞翔再没有足
够的高度。

天空一旦没有了标高，精神和价值注定就会从高处滑落。旁边是受伤
的鹰翅。

当智者的语言被金钱和物质的双手弄脏，我在20年前就看见过一只鸟，从城市耸立的
黑色烟囱上坠地而亡，这是应该原谅那只鸟还是原谅我们呢？天空的
沉默回答了一切。

任何预兆的传递据说都会用不同的方式，我们部族的毕摩②就曾经告诉
过我。

这场战争终于还是爆发了，以肉眼看不见的方式。

哦！古老的冤家。是谁闯入了你的家园，用冒犯来比喻
似乎能减轻一点罪孽，但的确是人类惊醒了你数万年的睡眠。

从一个城市到另一个城市，从一个国家到另一个国家，
它跨过传统的边界，那里虽然有武装到牙齿的士兵，
它跨过有主权的领空，因为谁也无法阻挡自由的气流，
那些最先进的探测器也没有发现它诡异的行踪。

这是一场特殊的战争，是死亡的另一种隐喻。

---

①《查姆》：彝族古典创世史诗之一。
②毕摩：彝族原始宗教中的祭司、文字传承者。

它当然不需要护照，可以到任何一个想去的地方，
你看见那随季而飞的候鸟，崖壁上倒挂着的果蝠，
猩红色屁股追逐异性的猩猩，跨物种跳跃的虫族，
它们都会把生或死的骰子投向天堂和地狱的邮箱。

它到访过教堂、清真寺、道观、寺庙和世俗的学校，
还敲开了封闭的养老院以及戒备森严的监狱大门。
如果可能，它将惊醒这个世界上所有的政府，死神的面具
将会把黑色的恐慌钉入空间。红色的矛将杀死黑色的盾。

当东方和西方再一次相遇在命运的出口
是走出绝境，还是自我毁灭？左手对右手的责怪，并不能
制造出一艘新的挪亚方舟，逃离这千年的困境。

孤独的星球还在旋转，但雪族十二子总会出现醒来的先知。
那是因为《勒俄》①告诉过我，所有的动物和植物都是兄弟。

尽管荷马吟唱过的大海还在涌动着蓝色的液体，海豹的眼睛里落满了宇宙的讯息。
这或许不是最后的审判，但碗状的苍穹还是在独角兽出现之前覆盖了人类的头顶。

这不是传统的战争，更不是一场核战争，因为核战争没有赢家。
居里夫人为一个政权仗义执言，直到今天也无法判断她的对错。
但她对核武器所下的结论，谢天谢地没有引来任何诽谤和争议。

这是曾经出现过的战争的重现，只是更加的危险可怕。
那是因为今天的地球村，人类手中握的是一把双刃剑。

---

① 《勒俄》：彝族古典史诗，流传于大小凉山彝族聚居区。

多么古老而又近在咫尺的战争，没有人能置身于外。
它侵袭过强大的王朝，改写过古代雅典帝国的历史。
在中世纪，它轻松地消灭了欧洲三分之一还多的人口。
它还是殖民者的帮凶，杀死过千百万的印第安土著。

这是一次属于全人类的抗战。不分地域。
如果让我选择，我会选择保护每一个生命，
而不是用抽象的政治去诠释所谓自由的含义。
我想阿多诺①和诗人卡德纳尔②都会赞成，因为即便
最卑微的生命任何时候都高于空洞的说教。

如果公众的安全是由每一个人去构筑，
那我会选择对集体的服从而不是对抗。
从武汉到罗马，从巴黎到伦敦，从马德里到纽约，
都能从每一家阳台上看见熟悉但并不相识的目光。

我尊重个人的权利，是基于尊重全部的人权，
如果个人的权利，可以无端地伤害大众的利益，
那我会毫不留情地从人权的法典中拿走这些词，
但请相信，我会终其一生去捍卫真正的人权，
而个体的权利更是需要保护的最神圣的部分。

在此时，人类只有携手合作
才能跨过这道最黑暗的峡谷。

哦，本雅明③的护照坏了，他呵着气在边境那头向我招手，其实他不用

---

① 阿多诺：西奥多·阿多诺（1903—1969），德国哲学家、社会学家。
② 卡德纳尔：埃内斯托·卡德纳尔（1925—2020），尼加拉瓜诗人、神甫、革命者。
③ 本雅明：瓦尔特·本雅明（1892—1940），德国哲学家、马克思主义文学理论批评家，1940年自杀。

通过托梦的方式告诉我，茨威格[①]为什么选择了自杀。

对人类的绝望从根本上讲是他相信邪恶已经占了上风而不可更改。

哦！幼发拉底河、恒河、密西西比河和黄河，
还有那些我没有一一报出名字的河流，
你们见证过人类漫长的生活与历史，能不能
告诉我，当你们咽下厄运的时候，又是如何
从嘴里吐出了生存的智慧和光滑古朴的石头？

当我看见但丁的意大利在地狱的门口掩面哭泣，
塞万提斯的子孙们在经历着又一次身心的伤痛。
人道的援助不管来自哪里，唉，都是一种美德。

打倒法西斯主义和种族主义在这个世纪的进攻。
陶里亚蒂[②]、帕索尼里[③]和葛兰西[④]在墓地挥舞红旗。

就在伊朗人民遭受着双重灾难的时候
那些施暴者，并没有真的想放过他们。
我怎么能在这样的时候去阅读苏菲派神秘的诗歌，
我又怎么能不去为叙利亚战火中的孩子们悲戚。

那些在镜头前为选举而表演的人
只有谎言才让他们真的相信自己。
不是不相信那些宣言具有真理的逻辑，
而是要看他们对弱势者犯下了多少罪行。

[①]茨威格：斯蒂芬·茨威格（1881—1942），奥地利小说家、剧作家，1942年2月自杀。
[②]陶里亚蒂：帕尔米罗·陶里亚蒂（1893—1964），意大利共产党创始人之一、国际共产主义者。
[③]帕索尼里：皮埃尔·保罗·帕索尼里（1922—1975），意大利共产党诗人、电影导演。
[④]葛兰西：安东尼奥·葛兰西（1891—1937），意大利共产党创始人、马克思主义理论家。

此时我看见落日的沙漠上有一只山羊，
不知道是犹太人还是阿拉伯人丢失的。

毕阿什拉则①的火塘，世界的中心！
让我再回到你记忆中遗失的故乡，以那些最古老的植物的名义。

在遥远的墨西哥干燥缺水的高地
胡安·鲁尔福②还在那里为自己守灵，
这个沉默寡言的村长，为了不说话
竟然让鹦鹉变成了能言善辩的骗子。

我精神上真正的兄弟，世界的塞萨尔·巴列霍③，
你不是为一个人写诗，而是为一个种族在歌唱。
让一只公鸡在你语言的嗓子里吹响脊柱横笛，
让每一个时代的穷人都能在入睡前吃饱，而不是
在梦境中才能看见白色的牛奶和刚刚出炉的面包。
哦，同志！你羊驼一般质朴的温暖来自灵魂，
这里没有诀窍，你的词根是206块发白的骨头。

哦！文明与进步。发展或倒退。加法和减法。
——这是一个裂开的星球！

在这里货币和网络连接着所有的种族。巴西热带雨林
中最原始的部落也有人在手机上玩杀人游戏。

贝都因人在城市里构建想象的沙漠，再看不见触手可摘的星星。
乘夜色吉卜赛人躺在欧洲黑暗的中心，他们是白天的隐身人。

---

① 毕阿什拉则：彝族古代著名毕摩（祭司）、智者、文字传承者。
② 胡安·鲁尔福：（1917—1986），墨西哥小说家、人类学家。
③ 塞萨尔·巴列霍：（1892—1938），秘鲁印第安裔诗人、马克思主义者。

在这里人类成了万物的主宰，对蚂蚁的王国也开始了占领。
几内亚狒狒在交配时朝屏息窥视的人类龇牙咧嘴。

在这里智能工程，能让未来返回过去，还能让现在成为将来。
冰雪的火焰能点燃冬季的星空已经不是一个让人惊讶的事情。

在这里全世界的土著妇女不约而同地戴着被改装过的帽子，穿行于互联网的迷宫。但她们面对陌生人微笑的时候，都还保持着用头巾半掩住嘴的习惯。

在这里一部分英国人为了脱欧开了一个玩笑，而另一部分人为了这个不是玩笑的玩笑却付出了代价。这就如同啤酒的泡沫变成了微笑的眼泪。

在这里为了保护南极的冰川不被更快地融化，海豚以集体自杀的方式表达抗议，拒绝了人类对冰川的访问。凡是人迹罕至的地方，杀戮就还没有开始。

在这里当极地的雪线上移的时候，湖泊的水鸟就会把水位上涨的消息告诉思维油腻的官员。而此刻，鹰隼的眼泪就是天空的蛋。

在这里粮食的重量迎风而生，饥饿得到了缓解，马尔萨斯①在今天或许会修正他的人口学说，不是道德家的人，并不影响他作为一个思想者的存在。

在这里羚羊还会穿过日光流泻的荒原，风的一丝震动就会让它竖起双耳，死亡的距离有时候比想象要快。野牛无法听见蚊蝇在皮毛上开展的讨论。

---

①马尔萨斯：托马斯·罗伯特·马尔萨斯（1766—1834），英国教士、人口学家、经济学家。

在这里纽约的路灯朝右转的时候，玻利维亚的牧羊人却在瞬间
选择了向左的小道，因为右边是千仞绝壁令人胆寒的万丈深渊。

在这里俄罗斯人的白酒消费量依然是世界第一，但叶赛宁[①]诗歌中怀念
乡村的诗句，却会让另一个国度的人在酒后潸然泪下，哀声恸哭。

在这里阿桑奇[②]创建了"维基解密"。他在厄瓜多尔使馆的阳台上向世界挥手，
阿富汗贫民的死亡才在偶然间大白于天下。

在这里加泰罗尼亚人喜欢傍晚吃西班牙火腿，但他们并没有忘记
在吃火腿前去搞所谓的公投。安东尼奥·马查多[③]如果还活着，他会投给谁呢？

在这里他们要求爱尔兰共和军和巴斯克人放下手中武器，
却在另外的地方发表支持分裂主义的决议和声明。

在这里大部分美国人都以为他们的财富被装进了中国人的兜里。
摩西从山上带回的清规戒律，在基因分裂链的寓言中系统崩溃。

在这里格瓦拉和甘地被分别请进了各自的殿堂。
全球化这个词在安特卫普埃尔岑瓦德酒店的双人床上被千人重复。

在这里国际货币基金组织和世界银行的脚迹已经走到了基督不到的地方。
但那些背负着十字架行走在世界边缘的穷人，却始终坚信耶稣就是他

[①] 叶赛宁：(1895—1925)，俄罗斯抒情诗人。1925年12月自杀。
[②] 阿桑奇：朱利安·阿桑奇（1971— ），"维基"解密创始人。
[③] 安东尼奥·马查多：(1875—1939)，西班牙现代著名诗人、"九八年一代"主将。

们的邻居。

在这里社会主义关于劳工福利的部分思想被敌对阵营偷走。
财富穿越了所有的边界,可是苦难却降临在个体的头上。

在这里他们对外颠覆别人的国家,对内让移民充满恐惧。
这牢笼是如此的美妙,里佐斯①埋在监狱窗下的诗歌已经长成了树。

在这里电视让人目瞪口呆地直播了双子大楼被撞击坍塌的一幕。
诗歌在哥伦比亚成了政治对话的一种最为人道的方式。

在这里每天都有边缘的语言和生物被操控的力量悄然移除。
但从个人隐私而言,现在全球97.7‰的人都是被监视的裸体。

在这里马克思的思想还在变成具体的行动,但华尔街却更愿意与学术精英们合谋,
把这个犹太人仅仅说成是某一个学术领域的领袖。

在这里有人想继续打开门,有人却想把已经打开的门关上。
一旦脚下唯一的土地离开了我们,距离就失去了意义。

在这里开门的人并不完全知道应该放什么进来,又应该把什么挡在门外。
一部分人在虚拟的空间中被剥夺了延伸疆界和赋予同一性的能力。

在这里主张关门的人并不担心自己的家有一天会成为牢笼。
但精神上的背井离乡者注定是被自由永久放逐的对象。

在这里骨骼已经成为一个整体,切割一只手还可以承受,

---

① 里佐斯:扬尼斯·里佐斯(1909—1990),现代希腊共产党诗人、左翼活动家。

但要拦腰斩断就很难存活。上海的耳朵听见佛罗里达的脚趾在呻吟。

在这里南太平洋圣卢西亚的酒吧仍然在吹奏着萨克斯,打开的每一瓶可乐都能
听见纽约股市所发出的惊喜或叹息。
网络的绑架和暴力是这个时代的第五纵队。哈贝马斯[①]偶然看到了真相。

在这里有人纵火焚烧5G的信号塔,无疑是中世纪愚昧的返祖现象。
澳大利亚的知更鸟虽然最晚才叫,但它的叫声充满了投机者的可疑。

在这里再没有宗教法庭处死伽利略,但有人还在以原教旨的命令杀死异教徒。
不是所谓的民主政治都宽容弱者,杰弗逊[②]就认为灭绝印第安人是文明的一大进步。

在这里穷人和富人的比例并没有根本的改变,但阶级的界限却被新自由主义抹杀。
当他们需要的时候,一个跨国的政府将会把对穷人的剥夺塑造成慈善行为。

在这里不是所有的国家都能生产一颗扣子,那是为了扣子能游到凡是有海水的地方。
所有争夺天下的变革者最初都是平等的,难怪临死的托洛茨基相信继续革命的理论。

在这里推倒了柏林墙,但为了隔离又构筑了更多的墙。墙更厚更高。

[①]哈贝马斯:尤尔根·哈贝马斯(1929—),德国哲学家、当代西方马克思主义主要代表人物之一。

[②]杰弗逊:托马斯·杰弗逊(1743—1826),美国第三任总统、美国独立宣言主要起草人。

全景监狱让不透明的空间再次落入奥威尔①《1984》无法逃避的圈套。

在这里所谓有关自由和生活方式的争论肯定不是种族的差异。
因疫情带来的隔离、封城和紧急状态并非是为了暧昧的大多数。

哦！裂开的星球，你是不是看见了那黄金一般的老虎在转动你的身体，
看见了它们隐没于苍穹的黎明和黄昏，每一次呼吸都吹拂着时间之上那液态的光。
这是救赎自己的时候了，不能再有差错，因为失误将意味着最后的毁灭。

当灾难的信号从地球的四面八方发出
那艘神话中的方舟并没有真的出现
没有海啸覆盖一座又一座城市的情景
没有听见那来自天宇的恐怖声音
没有目睹核原子升起的蘑菇云的梦魇
没有一部分国家向另一部分国家正式宣战
它虽然不是20世纪两次世界大战的延续
但它造成的损失和巨大的灾难或许更大
这是一场古老漫长的战争，说它漫长
那是因为你的对手已经埋伏了千万年
在灾难的历史上你们曾经无数次地相遇
戈雅就用画笔记录过比死亡本身更
触目惊心的、由死亡所透漫出来的气息
可以肯定这又是人类越入了险恶的区域
把一场本可以避免的灾难带到了全世界
此刻一场近距离的搏杀正在悲壮地展开
不分国度，不分种族，无论是贫穷还是富有
死神刚与我们擦肩而过，死神或许正把

---

①奥威尔：乔治·奥威尔（1903—1950），英国小说家、社会评论家，其名著为小说《1984》。

一个强健的男人打倒，也可能就在这个瞬间
又摁倒了一个虚弱的妇女，被诅咒的死神
已经用看不见的暴力杀死了成千上万的人
其中有白人，有黑人，有黄种人，有孩子也有老人
如果要发出一份战争宣战书，哦！正在战斗的人们
我们将签写上这个共同的名字——全人类！

哦！当我们以从未有过的速度
踏入别的生物繁衍生息的禁地
在巴西砍伐亚马孙河两岸的原始森林
让大火的浓烟染黑了地球绿色的肺叶
人类为了所谓生存的每一次进军
都给自己的明天埋下了致命的隐患
在非洲对野生动物的疯狂猎杀
已让濒临灭绝的种类不断增加
当狮群的领地被压缩在一个可怜的区域
作为食物链最顶端的动物已经危机四伏
黄昏时它在原野上一声声地怒吼
表达了对无端入侵者的悲愤和抗议
在地球第三极的可可西里无人区
雪豹自由守望的家园也越来越小
那些曾经从不伤害人类的肉食者
因为食物的短缺开始进入了村庄
在东南亚原住民被城市化赶到了更远的地方
有一天他们的鸡大量神秘地腹泻而死
一个叫卡坦①的孩子的死亡吹响了不祥的叶笛
从刚果到马来西亚森林对野生动物的猎杀
无论离得多远，都能听见敲碎颅脑的声响

---

①卡坦：卡坦·布马鲁，生于泰国西部，2004年1月5日6岁时死于H5N1禽流感，是首批死于这种新型人类病毒的患者之一。

正是这种狩猎和屠宰的所谓终极亲密行为
并非上苍的旨意把这些微生物连接了起来
其实每一次灾难都告诉过我们
任何物种的存在都应充满敬畏
对最弱小的生物的侵扰和破坏
都会付出难以想象的沉重代价。

人类！你的创世之神给我们带来过奇迹
盘古开天辟地从泥土里走出了动物和人
在恒河的岸边是法力无边的大梵天①
创造了比天空中繁星还要多的万物
在安第斯山上印第安创世主帕查卡马克②
带来了第一批人类和无数的飞禽走兽
在众神居住的圣殿英雄辈出的希腊
普罗米修斯赋予人和所见之物以生命
他还将自己鲜红的心脏作为牺牲的祭品
最终把火、智慧、知识和技艺带到了人间
还有神鹰的儿子我们彝人的支呷阿鲁③
他让祖先的影子恒久地浮现在群山之上
人类！从那以后你的文明史或许被中断过
但这种中断在时间长河里就是一个瞬间
从青铜时代穿越到蒸汽机在大地上的滚动
从镭的发现到核能为造福人类被广泛利用
从莱特兄弟④为自己插上翅膀，再到航天
飞机把人的梦想一次次送到遥远的空间站
计算机和生物工程跨越了世纪的门槛

---

①大梵天：印度教的创造之神，梵文字母的创字者。
②帕查卡马克：南美古印加人创世之神，被称作"制作大地者"。
③支呷阿鲁：彝族神话史诗中的创世英雄。
④莱特兄弟：指美国飞机发明家威尔伯·莱特和奥维尔·莱特两兄弟，1903年12月17日他们完成了人类历史上第一架飞机的成功试飞。

我们欢呼看见了并非想象的宇宙的黑洞
互联网让我们开始重新认识这个世界
时间与阶级、移动与自由、自我与僭越、速度与分化
恐慌症与单一性、民族国家与全球图景、剥夺与主权
整合与瓜分、面包与圆珠笔、流浪者与乌托邦
预测悖论与风险计算、消除差异与命运的人质
正是因为这一切，我们才望着落日赞叹
只有渴望那旅途的精彩与随之可能置身的危险
才会有足够的理由相信明天的日出更加灿烂
但是人类，你绝不是真正的超人，虽然你已经
足够强大，只要你无法改变你是这个星球的存在
你就会面临所有生物面临灾难的选择
这是创造之神规定的宿命，谁也无法轻易地更改
那只看不见的手，让生物构成了一个晶体的圆圈
任何贪婪的破坏者，都会陷入恐惧和灭顶之灾
所有的生命都可能携带置自己于死亡的杀手
而人类并不是纯粹的金属，也有最脆弱的地方
我们是强大的，强大到成了这个世界的主宰
我们是虚弱的，肉眼无法看见的微生物
也许就会让我们败于一场输不起的隐形的战争
从生物种群的意义而言，人类永远只是其中的一种
我们没有权利无休止地剥夺这个地球，除了基本的
生存需要，任何对别的生命的残杀都可视为犯罪
善待自然吧，善待与我们不同的生命，请记住！
善待它们就是善待我们自己，要么万劫不复。

哦，人类！这是消毒水流动国界的时候
这是旁观邻居下一刻就该轮到自己的时候
这是融化的时间与渴望的箭矢赛跑的时候
这是嘲笑别人而又无法独善其身的时候

这是狂热的冰雕刻那熊熊大火的时候
这是地球与人都同时戴上口罩的时候
这是天空的鹰与荒野的赤狐搏斗的时候
这是所有的大街和广场都默默无语的时候
这是孩子只能在窗户前想象大海的时候
这是白衣天使与死神都临近深渊的时候
这是孤单的老人将绝望一口吞食的时候
这是一个待在家里比外面更安全的时候
这是流浪者喉咙里伸出手最饥饿的时候
这是人道主义主张高于意识形态的时候
这是城市的部落被迫返回乡土的时候
这是大地、海洋和天空致敬生命的时候
这是被切开的血管里飞出鸽子的时候
这是意大利的泪水模糊中国眼睛的时候
这是伦敦的呻吟让西班牙吉他呜咽的时候
这是纽约的护士与上帝一起哭泣的时候
这是谎言和真相一同出没于网络的时候
这是甘地的人民让远方的麋鹿不安的时候
这是人性的光辉和黑暗狭路相逢的时候
这是相信对方或质疑对手最艰难的时候
这是语言给人以希望又挑起仇恨的时候
这是一部分人迷茫另一半也忧虑的时候
这是蓝鲸的呼吸吹动着和平的时候
这是星星代表亲人送别亡人的时候
这是一千个祭司诅咒一个影子的时候
这是陌生人的面部开始清晰的时候
这是同床异梦者梦见彼此的时候
这是貌合神离者开始冷战的时候
这是旧的即将解体新的还没有到来的时候
这是神枝昭示着不祥还是化险为夷的时候

这是黑色的石头隐匿白色意义的时候
这是诸神的羊群在等待摩西渡过红海的时候
这是牛角号被勇士吹得撕心裂肺的时候
这是鹰爪杯又一次被预言的诗人握住的时候
这是巴别塔废墟上人与万物力争和谈的时候
就是在这样一个时候，就是在这样的时候
哦，人类！只有一次机会，抓住马蹄铁。

是这个星球创造了我们
还是我们改变了这个星球？

当裂开的星球在意志的额头旋转轮子
所有的生命都在亘古不变的太阳下奔跑
创世之神的面具闪烁在无限的苍穹
那无处不在的光从天宇的子宫里往返
黑暗的清气如同液态孕育的另一个空间
那是我们的星球，唯一的蓝色
悬浮于想象之外的处女的橄榄
那是我们的星球，一滴不落的水
不可被随意命名的形而上的宝石
是一团创造者幻化的生死不灭的火焰
我们不用通灵，就是直到今天也能
从大地、海洋、森林和河流中找到
它的眼睛、骨头、皮毛和血脉的基因
那是我们的星球，是它孕育了所有的生命
无论是战争、瘟疫、灾难还是权力的更替
都没有停止过对生命的孕育和恩赐
当我们抚摸它的身体，纵然美丽依旧
但它的身上却能看到令人悲痛的伤痕
这是我们的星球，无论你是谁，属于哪个种族

也不论今天你生活在它身体的哪个部位
我们都应该为了它的活力和美丽聚集在一起
拯救这个星球与拯救生命从来就无法分开
哦，女神普嫫列依①！请把你缝制头盖的针借给我
还有你手中那团白色的羊毛线，因为我要缝合
我们已经裂开的星球。

裂开的星球！让我们从肋骨下面给你星期一
让他们减少碳排放，用巴黎气候大会的绿叶
遮住那个投反对票的鼻孔，让他的脸变成斗篷
让我们给饥饿者粮食，而不是只给他们数字
如果可能，在他们醒来时盗走政客的名字
不能给撒谎者昨天的时间，因为后天听众最多
我们弥合分歧，但不是把风马牛都整齐划一
当44隐于亮光之中，徒劳无功的板凳会哭闹
那是陆地上的水手，亚当·密茨凯维奇②的密钥
愿睡着的人丢失了一份工作，醒后有三份在等他
那些在街上的人知道，谁点燃了左边的房
右边的院子也不能幸免，绝望让路灯长出了驴唇
让昨天的动物猎手，成为今天的素食主义者
每一个童年的许诺，都能在母亲还在世时送到
让耶路撒冷的石头恢复未来的记忆，让同时
埋葬过犹太人和阿拉伯人先知的沙漠开花
愿终结就是开始，愿空挡的大海涌动孕期的色韵
让木碗找到干裂的嘴唇，让信仰选择自己的衣服
让听不懂的语言在联合国致辞，让听众欢呼成骆驼
让平等的手帕挂满这个世界的窗户，让稳定与逻辑反目
让一个人成为他们的自我，让自我的他们更喜欢一个人

---

①普嫫列依：彝族创世神话中的女神之一，是创世英雄支呷阿鲁贞洁受孕的母亲。
②亚当·密茨凯维奇（1798—1855）：波兰诗人、革命家、波兰文学最重要的奠基人。

让趋同让位于个性，让普遍成为平等，石缝填满的是诗
让岩石上的手摁住滑动的鱼，让庄家吐出多边形的规则
让红色覆盖蓝色，让蓝色的嘴巴在红色的脸上唱歌
让即将消亡的变成理性，让尚未出生的与今天和解
让所有的生命因为快乐都能跳到半空，下面是柔软的海绵。
这个星球是我们的星球，尽管它沉重犹如西西弗斯的石头
假如我们能避开引力站在苍穹之上，它更像儿童手里的气球
不是我们作为现象存在，就证明所有的人都学会了思考
这个时代给我们的疑问，过去的典籍没有，只能自己回答
给我们的时间已经不多，那是因为鼠目寸光者还在争吵
这不是一个糟糕的时代，因为此前的时代也并非就最好
因为我们无法想象过去最遥远的地方今天却成了故乡
这是货币的力量，这是市场的力量，这是另一种力量的力量
没有上和下，只有前和后，唯有现实本身能回答它的结果
这是巨大的转折，它比一个世纪要长，只能用千年来算
我们不可能再回到过去，因为过去的老屋已经面目全非
不能选择封闭，任何材料成为高墙，就只有隔离的含义
不能选择对抗，一旦偏见变成仇恨，就有可能你死我亡
不用去问那些古老的河流，它们的源头充满了史前的寂静
或许这就是最初的启示，和而不同的文明都是它的孩子
放弃三的分歧，尽可能在七中找到共识，不是以邻为壑
在方的内部，也许就存在着圆的可能，而不是先入为主
让诸位摒弃森林法则，这样应该更好，而不是自己为大
让大家争取日照的时间更长，而不是将黑暗奉送给对方
这一切！不是一个简单的方法，而是要让参与者知道
这个星球的未来不仅属于你和我，还属于所有的生命
我不知道明天会发生什么，据说诗人有预言的秉性
但我不会去预言，因为浩瀚的大海没有给天空留下痕迹
曾被我千百次赞颂过的光，此刻也正迈着凯旋的步伐
我不知道明天会发生什么，但我知道这个世界将被改变

是的！无论会发生什么，我都会执着而坚定地相信——
太阳还会在明天升起，黎明的曙光依然如同爱人的眼睛
温暖的风还会吹过大地的腹部，母亲和孩子还在那里嬉戏
大海的蓝色还会随梦一起升起，在子夜成为星辰的爱巢
劳动和创造还是人类获得幸福的主要方式，多数人都会同意
人类还会活着，善和恶都将随行，人与自身的斗争不会停止
时间的入口没有明显的提示，人类你要大胆而又加倍小心。

是这个星球创造了我们
还是我们改变这个星球？

哦，老虎！波浪起伏的铠甲
流淌着数字的光。唯一的意志。

原载《十月》2020年第4期

评鉴与感悟

吉狄马加的《裂开的星球》一诗，面向全人类。在充满焦虑的天空下，那沉默的发言人向我们每一个人再次发出了召唤，提醒我们所肩负的生活责任。（［土耳其］阿塔欧尔·贝赫拉姆奥卢）

声 明

本套"北岳·中国文学年选系列丛书"收录了2020年度众多优秀文学作品。在编选过程中,我们及各选本主编已尽力与大多数作者取得了联系,但仍有部分作者因故未能取得联系。见此声明,烦请来电,以便奉送薄酬及样书。

联系人:王朝军

电 话:0351—5628691